U0008636

要有耐心，要等待，
總有一天，那個愛你且你愛的人，將穿過整個世界的人群向你走來。

Micat

［書序］

勇敢堅定，發現幸福

總覺得，好像隨著記憶累積，「如果當時相信……」這樣的想法就會像滾雪球般地愈滾愈大，最後集中成一顆大雪球。而這樣的大雪球裡，或者夾雜著淡淡的憂傷，或者夾雜著一點點遺憾，亦或者在看似逐漸累積之際，因為一個稱為「時間」的魔法師作用，最終煙消雲散。

在不同的階段，我們總會遇到很多人。這些人來來去去，有的人從某一階段開始就陪著自己，有的人僅僅出現在某個當下，不會和我們繼續同行，只在偶爾回味過去的時候，出現在回憶裡。

最近，常常想起很多從前的事。偶爾也會想著「如果當時相信，或許一切不同」這樣的可能，於是就以這種想法，寫了這個故事。

此刻正看著這篇序的你或妳，翻開故事之前，如果可以，不妨試著閉上眼睛想想，內心深處是不是也存在著如果當時相信什麼，或許一切都會不同的念頭？

但不管最終事情的結果如何，不管這句話是不是帶給我們遺憾的感覺，都別忘了，要勇敢地將遺憾轉換成前進的力量，堅定地向前走。因為不管發生什麼事情，在每個人生轉角處，都有更多值得「相信」的人事物，陪著我們一起發現幸福。

在一起看這個屬於韓梓青、李治擎以及雷又均的故事之前，Micat 要把握住感謝的機會，謝謝最親愛的家人以及 Richard，謝謝可愛又好棒的讀者以及網友們，因為有你們，才讓 Micat 擁有更多勇氣，開心向前。

謝謝！

那麼，就一起來看這個屬於韓梓青、李治擎以及雷又均的故事吧。

Micat

「這樣就可以了，這三本書請在十月二十日歸還，謝謝。」在刷完條碼之後，我將書遞給眼前的女同學。

「梓青，等一下要不要一起去吃東西？」把預約書夾上號碼牌並放在架上的瓊玉坐回位置，揚著眉問我。

我瞄了一眼電腦右下角的時間，再半個小時就可以離開圖書館，「原來快五點了，難怪看妳心不在焉的，心思早就不知道飄到哪兒去了。」

「當然啊！」瓊玉挪動椅子，「聽說那班的男生都滿好看的喔！」

我笑了笑，然後聳聳肩，早就猜到瓊玉口中的「一起去吃東西」指的就是聯誼。瓊玉約了我不下十次，再加上早就耳聞班上傳言說這次的聯誼，對方「素質很高」，所以大家似乎都很期待。

「要不要一起去嘛？」

我揮揮手，再次拒絕。「妳和莉雅去吧！今天上午上了滿堂的課，下午又從一點打工到五點，已經有點累了，如果晚上有精神的話，我還要打個通識報告，下個星期就要交了。」

「哎唷，妳就一起去嘛！我們姊妹淘三個，好久沒一起參加聯誼活動了。上次參加好像是大一上學期的事，現在都已經大二了……走啦！」瓊玉嘟嘟嘴，極盡撒嬌之能事，「就算妳對聯誼沒興趣，但就當是陪我去！不然我一個人去，總覺得很無聊，梓青……」

「別擔心，莉雅會陪妳的。」我抿抿嘴。

「梓青！」

「瓊玉，這星期的行程真的太緊湊了，對不起啦。」我吸了一口氣，心裡有些猶豫是不是應該先放下通識報告，陪瓊玉去參加聯誼，但一想到這星期必須繳交的兩份報告，最後還是露出了為難的表情，拒絕了好姊妹兼室友的邀約。

「好吧。」

「對不起，不過妳放心，我會威脅我們的公主徐莉雅小姐務必、一定、絕對要全程陪妳，為妳製造機會。」

「好啦！」知道說不動我的瓊玉終於妥協，「不過既然妳要做報告，最好順便把後面幾個報告也一併解決，別忘了，下星期就要開舞會籌備會議了。」

我點點頭，想起這件一直掛在心上的大活動。

每年學校都會與附近的一所姊妹校共同舉辦耶誕舞會，這是兩校一年一度的大活動。而大概從五年前開始，每次舞會都會引來記者專題採訪。

身為學校學生會成員的瓊玉和我，在大一的時候就曾見識到活動籌備階段時的可怕，現在升上大二，成為主要策畫的工作人員，當然更覺得緊張。

可能因為媒體注意的關係，兩校合辦的舞會愈來愈有名氣，漸漸地，參加的人也就不僅限於兩校學生，有興趣的大專院校學生只要能夠索取到入場券都可以參加，而且聽說自前年開始，想參加的人愈來愈多，有人在網站上販售舞會的入場券，重點是，居然造成了搶購風潮！

關於搶購入場券這件事，我真的覺得誇張到不行，畢竟明明是學校為了耶誕節而舉辦的舞會，沒想到最後竟然會引發外校學生搶購。但當我驚訝地直呼媒體力量真的好大的時候，瓊玉和莉雅告訴我，媒體的力量固然很大，但是最不容小覷的力量其實是愛情。

每個人都嚮往愛情，而恰恰好，這個舞會也確實造就了許多美麗的愛情故事以及好幾對有名的佳偶。

先前有媒體因為報導舞會而採訪校友，發現好幾對我校或隔壁學校的知名成功校友，不是上市公司的年輕董事長，就是走秀界當紅的模特兒或知名雜誌社社長及炙手可熱的暢銷作家，都因為擔任過舞會的籌備工作人員或是單純參加舞會而遇到另一半，故事傳開，更增添了耶誕舞會的甜蜜色彩。

畢竟成功名人或是俊男美女的愛情故事，最讓人嚮往與憧憬。

「對了，說到舞會……」

「嗯？」

「我好期待能夠在舞會上遇到自己喜歡的那個人喔！」瓊玉雙手合十，微瞇著眼向天祈禱。

「妳會的。」我對她眨了眨眼，「不過，說不定妳今天就會遇到那個『他』了，到時候，妳搞不好覺得舞會的籌備工作佔用了妳約會的時間！」

「哈，這當然是最棒的狀況囉！不過，我可以帶『他』一起去參加舞會啊！」

「這麼說也對。」我站起身，將書車上的四、五本書拿了起來，「那妳好好玩吧！等一下簽退後，我要去找幾本寫報告用的參考書，順便把這幾本書整理起來。」

「妳也太認真了吧？連簽退之後還要整理書。不是常嫌這學期的時間不夠用，怎麼還有時間做這些？」

「不過是舉手之勞，但是這學期時間真的不夠用啊……」我嘆了一口氣，「說到這個，我一定要好好罵罵莉雅，要不是她，我也不用多打這份工。」

「我贊成！」瓊玉竊笑，一副等著看好戲的模樣。

「真擔心什麼都做不好。」想起這學期的忙碌，我又嘆了一口氣。

其實圖書館一星期兩天的打工，原本是莉雅的工讀機會，但是因為擔任棒球隊經理的她必須顧慮球隊的練球時間，所以無法兩天都到圖書館上班，但她又不願意平白放棄搶破頭才搶到的工讀機會，只好請求我幫她上其中一天的班，而她上另外一天。也因為幫她的忙，此刻的我才會出現在學校圖書館的櫃台。

雖然這個打工只佔用四小時，但對於這學期修了好幾堂必修課、又兼學務處半天打工及身為學生會成員的我來說，卻造成了不小的影響，害我常常覺得時間不夠用。

「妳一定可以的。」

「盡量囉！」我聳聳肩，「所以在真正的忙碌來襲之前，我必須先做好萬全的事先準備，像是有的沒的的通識報告一定要先搞定。」

「憑妳韓梓青的能力，絕對沒問題。」瓊玉對我豎起大拇指，比了個「讚」的鼓勵手勢。

「好！我會加油。」我也比了個「耶」的手勢，但我知道自己的眼神或是表情都沒有瓊玉來得有信心。

和瓊玉簽退後，她便飛奔回校外住處梳妝打扮，而我則留在圖書館，想找幾本可以參考的相關書籍來應付通識報告。

拿著抄了索書號的便利貼，我開始找尋第一本書，但沒想到在那本書該出現的書架和周遭的其他書架區，都不見它的存在。有點喪氣的我決定放棄，先尋找第二本書，但卻得到相同的結果——第二本書也不在架上！

有沒有這麼倒楣呀？韓梓青！

當我在心裡暗叫，走到書架的盡頭，正好瞄到一旁的閱讀桌上放了兩本書。闔上的那本，書封上斗大的字體寫著熟悉的書名。我走過去一看，發現那確實是書單上的第一本書，而當我看了一眼攤放在桌面上的另一本，試圖確認書名時，突然有個聲音從我背後冒了出來。

「有事嗎？」

「啊！」我被那聲音嚇了一跳，還不小心踢到桌腳。要不是聲音的主人手腳俐落地抓住了我的手臂，我可能會撞到桌子然後跌個狗吃屎。

「妳沒事吧？」

我大大地呼了一口氣，因為驚嚇的關係，心跳得很快。當我轉頭想看清楚拉了我一把的人時，正好瞥見因為剛剛踢到桌腳時發出過大的聲響，幾道從其他座位方向射過來的目光。我忍不住滿臉通紅，尷尬地看著他，「沒事。」

他點點頭，鬆開原本抓著我的手臂的手，然後揚著眉，「……妳剛剛是在偷看我的書？窺看別人隱私？」

「我不是故意的，只是很巧，正好我發現要借的兩本書都被你拿去了。」我尷尬地笑著指了指桌上的兩本書，但在說話的同時，又注意到他手上拿著的另外一本，「啊，這本書，也是我要借的！」

他笑了，「所以妳也修『怪獸老師』的課？」

「啊？」我花了幾秒才會過意來，想起那位通識老師的綽號，「對啊，是怪獸老師沒錯，難怪這麼巧，我們想要借的書都一樣。」

「我想也是，這種冷門的書，只有修那堂課的人會借。」

「所以說，」我想了想，「這些書你都要借走囉？」

「嗯，我剛剛已經辦好借書登記了。」他點點頭。

我嘆了一口氣，雖然覺得失望，但也不能因此而改變什麼。「那好吧！我趕快去預約下一順位。」

「哈。」他微微地笑了，把手上的書放在桌上。

「那就麻煩你，看完書請盡快歸還，謝謝。」我也給了他一個笑容，轉身要走。

「欸，同學！」

「嗯？」我轉過身，仰頭看著他，才注意到眼前這位男同學身高很高，大概……有一百八十公分以上吧。

「妳預計什麼時候要寫報告？」

我歪頭想了想，雖然有些摸不著頭緒，不知道為什麼他這樣問，但還是老實回答，「本來想今天晚上著手進行，這幾天內完成。」

他點點頭，闔上翻開的書，把幾本書疊在一起遞給我，「不然，這些書先讓妳使用好了。」

「啊？」反射性地接過書本，我回過神看著他，「要先給我看？」

「對。因為這幾天我有比賽，沒空寫報告，不如先借妳。」

「謝謝。」望著他誠懇的表情，我突然覺得這男孩一定是老天爺獎勵我平常有做好事、心存善念，派來給我的天使。

正覺得開心感動的時候，他突然又蹦出了一句話。

「不過……」

「不過什麼？」

「交換條件，妳寫好的報告要借我參考參考。」他微彎了身子，湊近我耳邊，壓低音量說。

可惡，韓梓青，原來妳遇到的不是天使，而是惡魔，而且還是個提出無恥交換條件的惡魔！我在心裡暗罵。

「你很過分耶！」我白了他一眼，差點忘了控制音量。

「只是參考而已，有什麼過分可言。」

看著他揚眉的樣子，我左右為難，很想把手上的書捧回去，按照原定的計畫開始著手報告，但一想到他的交換條件，就不想輕易妥協。

「同意嗎？」

我又白了他一眼，在答應與不答應之間猶豫著。想到下星期即將開始的忙碌，本來想不管三七二十一，先同意他的提議再說，但又想到借他報告可能會引來的後果，我還是搖頭了。「算了，還你吧，我不借了。」

「確定？」他眼底的戲謔指數不減反增。

「確定。反正我等你還了之後再來借就好。」我假裝不在意地說著，其實心裡很擔心。

「那我絕不在期限內歸還。」

「沒品！」我怒哼了一聲，順手把書放回桌上，轉身大步地走開。

「喂！」

我走沒幾步，他已經背了背包，手上拿著書，跟上我的腳步。「這麼生氣幹嘛？」

「是你太沒品。」

「我開個玩笑而已，妳未免太認真了。」

「最好只是玩笑。」我停下腳步，狠狠地瞪了他一眼。

「報告借我參考一下，有必要這麼在意嗎？」

「不要。」我想起高中時好心借同學「參考」作業，最後卻落得「抄襲」罪名的討厭回憶，決定不妥協。

「就算我要逾期一百天，讓妳交不出報告來，也不願意？」

「對。」

「那妳的報告怎麼辦？」

「我會自己想辦法。」

「哈！」他聳聳肩，笑了。

「你笑什麼啊？」

「我還以為妳是個有幽默感的人，本來只是想開開玩笑而已，沒想到妳這麼認真，真是服了妳。」

「什麼『以為』？」我瞪了他一眼，但沒有把「你對陌生人隨便開玩笑的舉動很無理」的評語說出口。

他強調地說：「真的只是開個玩笑而已。」

「這不好笑。」

「好啦！我說真的，這些書先借妳用吧。」

「條件呢？」看他又恢復原本的誠懇模樣，我半信半疑地想從他的表情中看出更多端倪。

「沒有條件，什麼條件也沒有。」他走到我面前，將書遞給我。

「真的？」

「真的。」他承諾。

「那還差不多。」我接過書，「看在你這麼誠懇的份上，等我寫好報告，可以把大綱給你參考。」

「一言為定。」他笑著，突然輕輕地拍了我的額頭一記。

那一瞬間，我不由得愣住。這種感覺好熟悉，以前那個男孩，也曾這樣拍拍我的額頭，帶著很好看的微笑對我說話……

「喂，妳是太感動了想哭還是怎樣？怎麼突然放空啦？」

他的大手在我眼前晃著，我又回過神來，「沒事、沒事。那我就不客氣先借用了。」

「妳慢慢來，反正我這幾天都用不到。」

「我寫好後就立刻把書還給你。」

「不急。」

我想了想，「雖然覺得你很欠揍，但我還是要說聲謝謝。」說完，我又追問，

「對了，寫好後要怎麼還給你？」

「既然我們上同一堂課，總是會遇到吧？」

「也對。」我笑了笑。

「而且，我只要問人就能知道妳的電話。」

「問誰？」我疑惑地問。

「沒什麼……」他從牛仔褲口袋拿出手機，滑開手機螢幕保護程式，「不過既然妳人在這裡，還是妳自己告訴我好了。妳手機幾號？Line呢？」

我乖乖地唸了電話號碼和通訊軟體的帳號，互相加了好友。「我會盡快把書還給你的。」

他收起手機，拿起放在椅子上的運動背包，跟我一起走出圖書館。沒走幾步路，就確認了我的行進方向。「妳要去停車場？」這位前不久還在跟我談條件的惡魔突然大發慈悲，體貼地接過我手上的書，和我併肩走著。

「對。」我看了他一眼，「你呢？」

「去球場練球。我們同路，一起走吧！」

「練球？喔，剛剛你說要比賽什麼的。」我點點頭，想起他方才說的話，「什麼球類？」

「棒球。我是校隊。」

「校隊！」我哈哈笑了，「有沒有這麼巧？」

「怎麼說？」

「你們球隊經理莉雅是我的好朋友。」

「喔！」他也笑了，眼睛瞇瞇的。「我知道。」

「你怎麼知道？」

「我先前有看過妳到球隊來找莉雅。」

「原來是這樣，難怪你說你只要問人就能知道我的電話，你說的那個人就是莉雅吧？那我要告訴她，有人想不勞而獲，拗別人的報告『參考』，請她到隊上好好宣傳。」

「需要這樣嗎？」他還是一臉笑，「但我覺得妳該告訴她，我有一副好心腸，把到手的書先借給妳。」

「哼，我覺得一開始的那個你，才是最真實的你，卑鄙陰險。」

「我說過，那只是開玩笑而已。」

「但我覺得你挺認真的。」

他想了想，「所以我該要怎麼說怎麼做，才能改變妳錯誤的印象？」

「無法改變。」我假裝厭惡地揮揮手，像趕蒼蠅。

「看來人真的不能做壞事。」

「知道就好。」

往前又走了幾步，他在路旁的販賣機前停下腳步，「欸，等等！」

「唔？」

他要我在一旁的矮欄杆邊坐下，然後在販賣機前投了幾個硬幣，拿了兩瓶飲料以及兩小包零食走到我身旁坐下，「陪我補充一下練球前的熱量。」

我皺皺眉，一臉莫名其妙地看著他。「要練球的人是你，又不是我。」

「肚子餓死了，今天只吃了早餐而已。妳要奶茶還是綠茶？」

「奶茶，謝謝。」看他一副很餓的樣子，我決定不囉唆，接過他手上的奶茶和餅乾，和他一起吃起來。

人行步道上來來往往的學生，我還和幾個路過的系上同學打了招呼，原本不覺得怎樣，但發現他們打完招呼後，眼神轉移，偷瞄坐在我身邊的他……我想大家一定誤會了什麼，只是特別去解釋這種事情也太奇怪了。所以最後，我只好假裝無視於其他人眼中的疑惑。

「交換吃！」他將手上的零食遞給我，沒等我同意，就把我手上的餅乾拿走。

「看在是你出錢的份上，我就不跟你計較了。」我輕哼一聲。

「話說，跟我坐在一起，妳是不是有點不自在？」

不自在？我皺皺眉，很意外他突如其來的提問。

難道我表現得有這麼明顯嗎？連他都察覺了我的不自在？

「還好。」

「是因為從沒坐在人來人往的紅磚道旁吃東西而不自在，還是因為跟像我這樣的帥哥在一起，在夕陽下吃下午茶小點心而覺得不自在？」

這個自大狂！我順手往他的手臂捶了一記，等到聽見他「哎喲」一聲之後，才覺得自己反應太衝動了，怎麼會對剛認識不久的人做出這麼粗魯的舉動呢？

「啊，不好意思！」我本能道歉。

「沒關係。所以，是前者還是後者？」

他的追問讓我想起他剛剛說的那些話，忍不住狠狠地瞪了他一眼，沒好氣地說：

「兩者都不是，好嗎？自戀狂。」

「原來是我誤會了。」他笑了笑，倒是沒再多說什麼。

「是你誤會了，而且是很大的誤會。」我出了一口氣，將一片餅乾塞進嘴裡，「真好吃！」

「當然囉，好東西要和好朋友分享！」

「這位同學，我們認識不到一個小時，誰跟你是好朋友了？」

「妳不知道有句話叫『一見如故』？」

「當然知道，但我不認為這句話適用在你我之間。」我白了他一眼。

「是這樣嗎？但我和莉雅是不錯的朋友，而妳又是莉雅的好朋友，從這些關係上來說，我們應該也可以稱得上好朋友吧！」

「這什麼詭異的論點？」我皺了皺眉頭，「等等，說到莉雅，莫非你也是莉雅身邊眾多的『蒼蠅』之一？」

「我？」他指著自己的鼻子，飆高了音調，「蒼蠅？」

我皺起眉，指著手上的餅乾，「可別告訴我，這些是賄賂，想要我幫你製造親近莉雅的機會喔！禮多必詐，我不吃了，還你！」

他哈哈大笑，好不容易忍住了，但沒過一會兒，又忍不住笑出聲來。

「你幹嘛？什麼事這麼好笑？」我納悶地看著他。

「我懷疑妳是不是有輕微的被害妄想症。」

「被害妄想症？你是不知道，身為莉雅的好友，她身邊那些蒼蠅有多煩人。」

他點點頭，臉上的笑意沒有消失，「我想我能夠體會，而且莉雅確實是個很漂亮的女孩。」

「是啊，『莉雅公主』的稱號，可不是浪得虛名。」我說：「所以我合理懷疑，你也是蒼蠅群的其中一員。」

「很抱歉讓妳失望了，因為我真的不是。」

「是喔。」他的語氣很鄭重，看起來並不像是隨口抵賴。「我還以為，你是為了追求莉雅而加入棒球隊。」

「不是，棒球是我的喜好。」他把剩下的點心吃光，「莉雅是個美女沒錯，但她不是我喜歡的類型。」

「還好你不喜歡莉雅這種類型的女孩，不然憑你這……欠揍的樣子，怎麼贏得過其他的追求者？」我本來想說「你這張一點也不帥的臉」，但抬頭看見他那張有稜有角的帥氣面孔，我摸摸鼻子，把這句話給吞了回去。

憑良心說，他自稱是帥哥，並不為過。

他有一雙大大的眼睛，直挺挺的鼻子，笑起來的時候很好看，確實長得不錯。

「好啦！」他喝完鋁箔包飲料，站起身來，「時間差不多，我該去練球了。」

我也跟著站了起來，將剩下的餅乾遞給他，「我吃不下了，你吃完它吧！」

他笑了笑，二話不說地接過零食，把袋子裡剩下的四片小餅乾吃光，然後丟掉垃圾，又回到我的面前，拿起放在一旁的書。「來，妳的書。」

「差點忘了。」我苦笑了一下，趕緊接過。「練球加油。」

「妳也是，寫報告加油，我等著看妳的報告……」

我又豎起眼睛瞪他。「嗯？」

「我是說，我等著參考妳報告的大綱，自己寫我的報告。」

「很好。」我點點頭，看著眼前嘻皮笑臉的他，「快去吧！免得遲到要罰跑操場。」

「這妳也知道？」

「聽莉雅說過。」

「好吧，再見。」他笑了笑，又輕輕拍了拍我的額頭。

夕陽下，這個剛認識不久的男孩的俏皮舉動，又讓我想起了「他」……

回到住處，就看見我的室友們正坐在客廳，塗著聽說是最新流行色的指甲油。她們一見我回來，立刻像唱雙簧般極盡鼓吹之能事，希望遊說我一起去參加她們口中所謂「素質很高」的聯誼。

「別再遊說我了，我真的不去。」我揮揮手，縮在單人沙發上，看著忙碌的莉雅和瓊玉。

「真的確定不去？」莉雅看了我一眼，塗了唇蜜的嘴唇輕輕嘟起，小心翼翼吹著還沒乾的指甲油。

「之後就要開始忙活動了，怕事情多，擠成一堆，今天非得寫報告不可。」

「誰叫妳要修這麼多學分。」

「誰叫我要隨便答應好朋友的請託，幫她打工。」我笑著，語氣很故意。

「韓梓青，妳好欠揍！」

「實話實說囉。」我聳聳肩，看著莉雅無話可說的樣子，覺得很有趣。

「梓青，妳覺得我們今天這樣的打扮，好看嗎？」瓊玉撥了撥髮尾，一副俏皮的模樣。

我挪動身子，稍稍坐正了些，審視眼前漂亮的姊妹淘，點了點頭，「超正的！」

瓊玉擔心地問：「我的睫毛不會太長太誇張吧？莉雅說，要長一點才好看。」

「不會誇張。可能是妳不習慣，但我覺得很自然。」

「那就好。」瓊玉拿起鏡子，端詳鏡裡的自己，最後終於露出滿意的表情。

「有好的對象，一定第一時間告訴妳。」莉雅站起身，試穿新買的鞋子，「隨時關注我們臉書的最新訊息喔。」

「那我就等著聽好消息囉！」我比了個「讚」，給姊妹們最棒的肯定。

「咦，妳要的書都借到了？」眼尖的瓊玉注意到茶几上的書。

「說到這個……」我把剛剛在圖書館找書的經過大致說了一遍，然後神祕地看著莉雅，「結果妳們知道那個先把書借給我的男同學是誰嗎？」

「是誰？」莉雅和瓊玉異口同聲。

「棒球校隊的……」

「叫什麼名字？」莉雅睜大了她漂亮的大眼睛。

「什麼名字……噢，我忘記問了。」因為莉雅的追問，我才想起自己竟然連他的名字都沒問。「他長得高高的，大概有一百八十公分左右吧。」

「人帥嗎？」

我皺皺眉，「是滿好看的。」

莉雅笑了笑，拿起一旁的手機，搽了黑色指甲油的長手指在螢幕上滑呀滑的，然後將手機遞了過來，指著螢幕上的照片，「是這個還是這個男生？」

我湊了過去，只見一張包括莉雅在內，總共五個人的合照，我一眼就看見了那個籃球男孩好看的笑臉，於是指了指照片中的他，說：「是這個。」

「他喔！我就知道。」莉雅笑得很甜，但不知道是不是我的錯覺，總覺得她的笑裡，好像有點神祕。

「我看看！我也看看！」好奇的瓊玉也湊了過來，但看見照片裡的男同學時，她噗哧一聲笑了出來。

「為什麼笑？」

莉雅搖搖頭，臉上的表情似乎有點無奈，「別說瓊玉，連我都想笑。妳知道他是誰嗎？」

我皺眉搖了搖頭。

「他叫李治擎，是棒球校隊備受矚目的新星，之前運動會的時候負責舉聖火，當時妳和瓊玉在場邊，不是直呼說他舉聖火跑步的樣子很好看嗎？」莉雅又笑了，「而且……」

「而且什麼？」莉雅的話讓我很驚訝，是不是因為距離太近，所以在圖書館與他面對面的時候，完全沒看出他就是那個在運動場上奔跑的選手。

「也沒什麼啦，以後妳總會知道。」莉雅低頭檢視自己的黑色指甲。「我只是覺得奇怪，妳怎麼沒認出他來？」

「就沒看出來。」我雙手一攤，「我只覺得他長得不錯，但怎麼也沒想到他就是那個舉聖火的選手。」

「梓青，妳的帥哥雷達可不可以敏銳一點啊！收訊這麼差。」瓊玉也一副拿我沒辦法的樣子。

「我當時只在意能不能借到這些書，結果發現他以借書為藉口，想要抄我的報告，害我超不高興的。」我說：「其他的事情我就沒怎麼留意了。」

莉雅搖頭。「韓梓青同學，關於抄報告這種事，我可以告訴妳，他絕對、絕對是開玩笑的。」

「那可不一定喔！」我指著自己的眼睛，「他說要借我的報告『參考』的時候，表情超認真的，要不是我不想重蹈高中時候的覆轍，差點就要答應他了。」

「他一定是開玩笑的。」莉雅嘆了一口氣，鐵口直斷的態度像個算命師。

「妳怎麼知道？」

莉雅還沒有回答，瓊玉先開了口，「因為呀，去年李治擎是他們系上的書卷獎得主。」

我不敢相信，「書卷獎？第一名？」

「對，就是第一名。」

「可是……」

「他就是這樣愛開玩笑的人。」莉雅說：「雖然有時候笑話冷了點，而且看起來他這個玩笑開得不太好，反而讓妳認真了。」

「是喔！」我縮回沙發中，回想自己先前的反應，似乎真的過於一板一眼，好像變成一個缺乏幽默感的傢伙。「真是的，丟臉！」

「丟臉是不會啦！不過，妳老實說……」莉雅瞇起了眼，曖昧地看著我。

「說什麼？」

「妳有沒有被他的電眼給電到啊？」

「怎麼可能！」

「少來，妳不是覺得他很帥嗎？」瓊玉不死心。

「他是滿帥的啊！可是這不代表我就會被他電到。」

「真的嗎？」

我翻白眼，「是真的。我一向不相信一見鍾情，即使是帥哥，要電倒我也是不可能的事情。」

「好吧！」莉雅吐了吐舌，「也差不多要出發了，出發之前。我偷偷告訴妳們一個祕密。」

「什麼祕密？」

「在還沒和阿鎧交往之前，我其實曾經覺得李治擎是個不錯的對象喔！」

「然後呢？」瓊玉的好奇心爆表。

「後來認識更深之後，發現比起當男女朋友，我們更適合做一般朋友……那種很談得來的朋友。」莉雅聳聳肩。「所以就算了。」

「是喔……」我看著莉雅，想起今天李治擎曾提起過他和莉雅是好友的話來。

「怎麼先前都沒聽妳說過這件事？」

「沒什麼特別的機會說，所以就沒講。更何況，因為有點丟臉，我才不想主動公開呢。」

「這種事有什麼好丟臉的？」

「那是因為妳不知道內情。他是我從小到大……」莉雅咬了咬嘴唇，顯得有些猶豫，最後嘆了口氣，「要幫我保密喔，尤其是在阿鎧面前！」

「好。」在我答應的同時，瓊玉也跟著猛點頭。

「他是我林莉雅從小到大，唯一唯一唯一……一個，發給我好人卡的男生。」

「天啊！」瓊玉飆高了音調，「真的假的？」

「是真的。不過當時只是單純覺得他這個人不錯，所以在另外兩個經理的起鬨下，想著試試看也無妨才問他有沒有交往的意思，卻沒想到領到了一張好人卡。」莉雅笑了笑，但不是那種失望的笑容，「不過，這也沒什麼啦，畢竟那時好玩的成分居多，而且也因為我和他只做好朋友，所以才能和愛我的阿鎧交往囉！現在想起來，其實我自己也很清楚，根本不是真的喜歡他才去告白，只是好玩而已。」

「那他當時是怎麼拒絕妳的啊？」我好奇地追問。突然想起今天李治擎說過，莉雅並不是他喜歡的女孩子類型。

「因為那時有很多人在，他說……」莉雅模仿李治擎低沉的聲音，「被大美女告白，真是幸運到想讓人飛起來！只可惜在幾分鐘之前，我在換球衣的時候，不小心聽到有人說，這不過是一場真心話大冒險的遊戲。」

「哇，他主動給妳台階下。」

「嗯啊，」莉雅笑著，「雖然這件事後來成了球隊裡的笑談，但大家都以為這只是一場朋友之間的惡作劇，所以我們在面子上都能過得去。」

「感覺起來，李治擎好像是個不錯的人。」想了想，我下了結論。從莉雅這件事情看來，他可以說是一個很體貼的人。

「豈止不錯呀，根本是天菜！」瓊玉糾正我。

「妳太誇張了。」我扮了鬼臉。

瓊玉回了我一個鬼臉後，又轉頭問莉雅。「那他有女朋友了嗎？」

「沒有。他說先前沒有遇到喜歡的人，後來遇到了，但目前時機還沒成熟。」

「身邊沒有另一半的天菜，更加分了！」瓊玉朝我暗示的眨眼，「韓梓青，加油啊！」

我隨手扔過一個抱枕。「什麼加油不加油的，我對他可沒什麼特別的感覺。」

「現在沒感覺，不代表以後不會有愛意滋長啊！」瓊玉身手俐落，很快地閃過了我的攻擊。

「最好是喔！」我哼了一聲，狠瞪她一眼，「妳想很多耶！我只是跟他借書而已，妳就講到男女朋友去了，會不會太誇張？」

「怎麼會誇張呢，一切未定，說不定真的會朝男女朋友之路發展啊。」

「無聊耶妳！」我皺皺鼻子。

「對了，我們也該出發了吧？」莉雅瞄了一眼牆上的時鐘。

瓊玉跳了起來。「哎呀，差點忘了時間！」

「莉雅，記得幫瓊玉多製造點機會。」我在一旁叮嚀。

「那當然。可是，妳真的不去嗎？」

「不去。」我說：「我還是快快處理好我的報告比較重要。」

「好啦，那我們就出發囉！」瓊玉踩上了她的低跟鞋。

「姊妹們加油！」我比出握拳的姿勢，這是屬於我們三人的默契手勢，「加油！」

莉雅和瓊玉出門後，我先在客廳偷懶半小時，看了令人哈哈大笑、心情愉快的綜藝節目，最後才聽從理智的勸告，洗了個舒服的熱水澡，回到自己房間收心用功。坐在書桌前，我翻開從圖書館借來的書……喔，應該是說跟李治擎借來的書。

翻開書，先是很快地把目錄看一下，瀏覽了幾段重要的章節，大概記下一些可能會用到的片段資料，最後打開筆電，查了幾筆相關的資料，把擬定的報告大綱打在word檔上。但才進行了不到十行，就因為手機傳來的連續訊息聲而中斷。

檢視手機的通訊軟體，發現我和瓊玉、莉雅的三人群組裡上傳了好幾張照片。其中幾張很明顯是吃飯時偷拍的照片，裡面有幾個看起來感覺還不錯的男孩。於是我回傳了「請認真吃飯並努力尋找對象」的訊息後，再次回到報告的世界裡。

再次被連續兩聲的訊息聲打斷的時候，我已經完成了約一千字左右的報告內容。字數雖然不多，但因為思考和整理，花了不少時間。

我低頭檢視傳訊者，發現是莉雅，她傳了一張瓊玉正開心地和聯誼對象玩遊戲的照片，又傳了另一個文字訊息：欲知更多有趣的畫面，請看臉書班版。

我伸伸懶腰，打了個呵欠，禁不住誘惑地打開了班版，點開上傳不到二十分鐘的聯誼照片。

好幾張照片的內容都是同學們在玩遊戲，看得出來大家似乎都玩得很過癮，尤其是班代臉上被畫滿了刀疤的照片，讓我哈哈大笑了好久，直到一個陌生的英文帳號傳訊給我，才將我從爆笑的照片中拉回現實。

「嗨！」

「你是？」我把差點要打出的「哈囉」給刪掉，改了個問句。

「督促妳報告進度的督察。」

我噗哧一聲笑了出來，「報告督察，明天或後天就可以把書還你了。」

「這麼快？」

「當然。但你是怎麼知道我的臉書帳號？」

「我從莉雅那裡搜尋她的好友群。」

「哈，看來我問了一個笨問題。」

「的確有點傻。」

「欸，你真沒禮貌。」

「開個玩笑而已。」他簡短地回答，並給了我一張笑臉小圖。

「我感覺這種玩笑有人身攻擊的意味。」

「保證沒有……我現在方便打電話給妳嗎？」

我看了一眼桌上的報告，衡量了時間和進度。「好吧，你打。」

沒過幾秒，我的手機鈴聲響了起來。我看著手機螢幕上顯示的號碼，按了接聽，「喂！」

「我以為妳跟莉雅一起去聯誼了。」他電話裡的聲音，比白天時輕柔許多，也許是練球累了的緣故。

「沒有，我想趕快把報告搞定。」

「妳速度真快。」

「我想，如果換作是你，以你的程度，也許一個晚上就能寫完了吧。」

「我的什麼程度？」

「書卷獎得主的程度。」

「妳偷偷探聽我的底細？」

「少臭美了好嗎？」我站起身，走到床邊，躺在舒服的床上。

「我以為妳探聽之後，我就可以省自我介紹了。」

「最好是。」有點冷，我順手蓋上被子，「那……你打電話給我是想要說什麼嗎？」

「只是想提醒妳，書可以慢慢看，我真的一點也不趕。」

「謝謝。」

「然後還想告訴妳，我叫李治擎。」

「莉雅告訴我了。」

「那妳呢？」

「我？」我嚥了一口口水。「我叫韓梓青，韓國的韓，梓是一個木一個辛苦的辛的梓，青澀的青。」

「嗯，很好聽。」他稱讚。

我沒吭聲，望著天花板，忍不住打了個呵欠。

「看來妳累了。」

「是啊，弄了一晚上報告，有點睏。」

「那我不吵妳了。晚安！」

「謝謝。」

「對了……」他停頓一下，說：「麻煩妳，同意我臉書的好友邀請吧。」

我噗哧一聲笑了。「好，馬上。」

結束了和李治擊的通話，我打開手機的臉書，接受了李治擊的邀請通知。

因為好奇的緣故，我隨手翻看他的一些個人動態。他的動態很簡單，除了分享文章之外，就是球隊練習和比賽的訊息，偶爾還有一些和朋友出門聚會，被朋友標註的照片。

我看著手機螢幕上的照片，發現他笑起來比不笑的時候好看很多，但基本上不管笑不笑都是個帥氣的男孩，也難怪會是莉雅和瓊玉口中的「天菜」。我無聊地繼續往下滑，忽然看到一張他舉著聖火跑步的照片……

小時候總覺得大人口中的「緣分」兩個字很難懂，很難理解它的奇妙，但想到今天認識的李治擊，竟然就是去年舉著聖火的那名帥氣運動員時，我忽然能感受到大人口中所謂的「緣分」究竟是怎麼一回事。

雖然這樣的緣分，一開始差點被我歸類為「孽緣」。

接著我又想起下午曾誤會他想抄襲我的報告，因而和他針鋒相對，卻沒想到人家的成績根本就嚇嚇叫到讓我俯首稱臣。

帶著笑意，我又滑著瀏覽了幾篇，然後被一張大笑的照片所吸引。

照片裡的他，臉上掛著開朗的笑容，和現實生活中的本人沒什麼兩樣，但他那雙笑而微微瞇起的眼睛，竟讓我有一種似曾相識的感覺……

我吐了一口氣，原本想要滑到下一張照片，但很快又拉回了這一張。因為在那瞬間，我想起了自己為什麼會有似曾相識的感覺。

關掉程式，我拉高了被子，盯著天花板，想起今天從在圖書館遇見他之後而開始的一切，然後又回憶起了那個曾經很熟悉的舉動。

在那個瞬間，我想起了李治擎之所以讓我覺得整個人很熟悉的緣故。

因為他笑起來微微瞇起的眼睛和神情，以及他輕拍了我額頭的動作，像極了那個在高二時去歐洲不久就偷交了女朋友，被我提出分手要求而離開的男孩。而該死的是，我韓梓青從當年分手至今，之所以一直遲遲未交男友，有極大的原因是因為心裡還有初戀的存在。

每次講到談戀愛，莉雅和瓊玉總是一搭一唱地勸我，無論如何都應該勇敢跨出第一步，要積極去認識新朋友，把初戀的那個傢伙從心底驅逐出境……但這種事情，說起來總比做起來容易。

很多網路文章都提到過「初戀女朋友」的威力，內容大概是說，對男人而言，初戀女友永遠有崇高且無法動搖的地位。當時，我對這句話印象很深，不過現在看來，不光只是初戀女友對男人很重要，對女人來說，初戀男友也有著他專屬的位置。

要不然，為什麼那個傢伙仍然住在我的心裡面？

有時我很慶幸他人在海外，我們不得相見，但不管他人在哪裡，他總是經常出現在我夢裡。

因為課業忙碌，有好一陣子沒有想起他，但今天卻因為李治擎的關係，我忽然又想起了他，想起了他的笑容，還有他總是帶著寵愛的表情輕拍我額頭的模樣……

以前一直認為他有神奇的魔力，輕輕一拍，就讓沮喪的我覺得元氣滿滿，讓哭著的我勇敢振作、擦掉眼淚，更讓開心的我因此而更開心。

我閉上眼睛，塵封的記憶突然席捲而來，就像一波大浪在我心底翻騰。記憶中那個帥男孩的面孔，又再次清楚浮現在我的眼前。我再一次體認到，原來心裡的那個他，從來就沒有離開過，那個標上了他名字的專屬位置，也依然保留在我心底最深、最深的地方。

但那又如何呢？即使保留著專屬於他的位置，但他身邊早有了另一個她，不會再回到我身邊了。

深吸一口氣，一萬個衝動不斷地要我在臉書的搜尋位置，鍵入前男友的帳號。

他的動態很簡單，但也許是因為我不是好友的緣故，所以只能看到部分的動態。可是照片裡的他看起來成熟許多，背景都是些國外充滿歷史氛圍的建築，而合照裡的同伴，不管是外國人或是東方面孔的男孩女孩都穿著時尚，笑得很開心。我猜想，和從前看起來一樣笑容陽光的他，現在應該過得很不錯。

只是，現在的他會不會想起我呢？

連看了好幾張網路照片，想到這些對我來說從沒親臨，只能從書上、電視或是網路才能看到的景色，對他而言卻是再日常不過的生活環境，突然有一種距離他愈來愈遠的感覺。

「不過，韓梓青，分手後妳和他的距離本來就會漸行漸遠，現在又何必為了這個必然的事實而傷心呢？」我自語地安慰自己。

一面試著開解自己，我一面努力振作，然而不但沒有提起精神，反而湧起一股想哭的感覺，鼻子酸酸的……是因為後悔分手嗎？

但是當時做出分手決定的時候，我不是很肯定自己絕對不會因此而後悔嗎？為什麼到了現在，原以為早就被時間沖淡了對他的感情，卻因為一個笑起來和他有點相似的男孩，而又緬懷起和他相處的過往呢？

想著想著，我的眼淚不爭氣地掉了下來，就在這個時候，手機卻發出了一聲聲響，是李治擎傳來「晚安」的訊息。

我只好禮尚往來，也丟給他一個笑臉。

接著，我的手機鈴聲雀躍地再次響起。

「喂？」

「喂，韓梓青同學……」

「嗯，」我吸吸鼻子，然後吞吞口水，希望別讓他聽出我的異樣。「你怎麼又打來了？」

「我是想試試看妳睡了沒。本來想，如果妳睡了，我就明天再聯絡妳，但看妳還會回訊息，所以就打來了。妳睡了嗎？」

「咳，躺著還沒睡著。」我盡量不著痕跡地吸了吸鼻子。「有什麼事情嗎？」

他倒不急著說自己的事，反問我，「妳的鼻音怎麼突然這麼重？」

「我都快睡著了，被你吵醒，躺在床上說話，鼻音本來就重！」我又吸吸鼻子，「到底有什麼事？」

「真是對不起，想請妳幫我看看，我的學生證是不是夾在那些書本裡？」他的語氣有些著急。

我立刻醒過神來，翻身下床。「好，可是我剛剛看書的時候並沒有發現……」我將手機按了擴音後放在桌上，認真地翻找書頁裡是不是夾了李治擎的學生證，「好像……真的沒有耶！」

「噢，那沒關係，可能丟在球隊休息室了，明天再去找找看。」

「希望你能找到，不然還得要重辦，很麻煩。」我看了一眼時鐘，「你還不打算睡嗎？」

「睡覺？拜託，我的夜生活才剛開始，不打打遊戲再睡，怎麼對得起自己。」他話才剛說完，我就隱約聽見從電話那一頭傳來的線上遊戲音效聲，顯然他是刻意放大聲響給我聽。

「哈，現在是現場遊戲轉播嗎？」

「沒錯，感受到緊張的氣氛了嗎？」

我噗嗤一笑。「完全沒有，我只感受到……搞笑的氛圍而已。」

「哈，看來妳好多了。」

「什？」

「我聽出來了，妳說什麼因為躺著說話鼻音重，其實根本就是哭了吧？」他停頓了幾秒，「發生什麼不愉快的事情了嗎？」

原以為我掩飾得很好，但沒想到被他發現了真相。

「並沒有，你別想太多。」我撒了謊，用盡可能自然的口氣回答，因為我實在不習慣在不熟的人面前表露心事。

「那就好。如果妳有什麼不愉快的事，可以跟我說。」

「嗯，謝謝你。」我抿抿嘴。儘管這句話是從一個剛認識不到二十四小時的朋友嘴裡說出，但我的心底卻生出一股溫暖的感覺。

但他很快又故態復萌了。「話說……妳該不會是沒跟到聯誼，所以暗自傷心哭泣吧？」

「你真的很容易想多耶，李治擎，你腦袋有問題嗎？」

「好好好，我開玩笑罷了。」他笑著說：「對了，要是發現我的學生證，請務必告訴我。」

「有懸賞獎金嗎？」

「懸賞獎金倒是沒有，但有俊男李治擎陪吃大餐的好康。」

我忍不住笑了。「你是自大狂來著？」

「只是實話實說而已。」

「對自己有自信是好事，但太過頭就有點令人作嘔。」我假裝誇張地發出嘔吐的聲音，「本想認真幫你找找看的，但為了避免和你這自大狂吃飯，就算不小心撿到，我也會默默把你的學生證丟進下水道，以免無辜少女受害。」

「所以我要去下水道問問忍者龜囉？」

「沒錯。」我笑著，沒想他居然能皆得上我的哏。「但有可能連忍者龜也會躲著你喔！」

「哈哈，妳會開玩笑，就代表心情好多了，對吧？」

愣了一下，我沒想到他一直死賴著不掛電話，是為了陪我說笑、逗我高興。「誰說……」

「沒人說妳心情不好，我只是恰巧想要說些瘋言瘋語，自娛娛人罷了！」他打斷了我的話，笑嘻嘻地接口。

「那還差不多。」

「對了，莉雅還沒回來？」

「還沒。我剛看了一下其他人在班版貼的訊息，好像還加碼什麼看夜景的行程。看來今天晚上的聯誼很成功。」

「應該是吧。」他咳了咳。

「明天再來好好逼問莉雅今天有沒有豔遇。」

李治擎嘆氣，「妳這樣根本就是鼓勵犯罪好嗎？阿鎧會哭哭的。」

「你也知道阿鎧？」我一愣，但很快就想通了，他既然是莉雅的朋友，也一定知道阿鎧的事。「如果阿鎧是那種會因為這種小事而哭哭的男生，他根本就追不到莉雅。」我篤定的說。因為很 man 且性格果決的男生，才是莉雅喜歡的類型。

「有道理。」

我打了個呵欠，「李治擎，我真的想睡了。你也早點休息吧，」我走到床邊，躺回溫暖的床上，「別再玩什麼遊戲了，練球不累喔？」

「練球也許有一點點累，但只要想到線上遊戲，我就精神百倍。」

「真幼稚。」

他不服氣。「哪裡幼稚了？」

「好，不想再跟你爭這個，」我又打了個呵欠，「我真的好睏喔……」

「放妳去睡，晚安。」

「晚安。」我拉上被子，本想按掉結束通話的按鍵，但才剛把手機拿離耳邊，不知哪裡來的衝動，又再次將手機貼回耳際，「李治擎！」

「嗯，想陪我一起玩電動嗎？」他的背景音樂又變大了。

「無聊。」雖然罵了他，但我的嘴角卻微微揚起。

「不然呢？」

「我想說……謝謝你。」

他笑了笑。「不客氣，因為莉雅的好朋友，就是我的好朋友。」

雖然莉雅和瓊玉回到住處的確切時間我並不清楚，但可能因為睡前胡思亂想的緣故，睡眠品質並沒有很好，大半個晚上都感覺處在已經睡著但意識還有些清醒的狀況，大概到三、四點的時候，才迷迷糊糊地真正入睡。

接著，我作了一個夢。

當然，夢裡再次出現我那無緣又難忘的初戀——雷又均。

記得上一次他出現在我夢裡，已經是好久、好久以前的事，而且那時候他擔任的是夢境中的配角，就像節目的串場，只出現了一下下。但這一次，整個夢境卻繞著他打轉，他帥帥地笑著，深情對我告白，送給我好大一束漂亮的玫瑰花，而夢的場景竟然是我從不曾去過的歐洲。

夢裡的我來不及回應他、來不及給他深深的吻，就被瓊玉的大嗓門給叫醒。她威脅我，如果不能在十五分鐘內梳洗完畢走出宿舍，很有可能會被必修課老師記曠課。

掙扎趕到教室，我趁著上課前的空檔趴在桌上，想著昨天不真實的夢，暗罵幹嘛沒事要去偷看雷又均的臉書動態，害得自己整晚作這種怪夢。

閉上眼睛，我又想起他臉書上的照片，還有夢境裡深情破表的他。

情緒很複雜，整個人就像顆鼓脹的氣球一樣，遲早會「砰」的一聲爆破開來。

這樣的情緒很難確切地形容，更無法說明到底是為什麼而起，我唯一知道的，就是此刻的自己被奇怪的情緒左右，弄得有點不開心……

只是，這種沉悶難受的情緒，究竟是從何而來？

「梓青，看夜景的是我們，凌晨才回到住處的也是我們，怎麼妳看起來比我們還要累？」

我睜開眼睛，注視坐在右手邊的瓊玉，她確實一臉很有精神的樣子。

「昨天失眠了，整晚沒睡好。」

「為什麼？」

我聳聳肩，「作了一個亂七八糟的夢。」

「是什麼亂七八糟的夢呀？」瓊玉賊賊地笑著。

「沒什麼。」我嘆了一口氣，看了一眼手錶，決定趕快把早餐吃一吃，於是振作精神，從塑膠袋裡拿出三明治，「我說了妳別笑我！」

「放心，我什麼時候不笑妳？」

我白了她一眼。「那我不說了。」

「我說笑的嘛，別這樣。」

「哼。」我咬了一大口三明治，「已經不想說了。」

「拜託妳說吧！」她連聲道歉。

「……夢見了我前男友。」

「前男友？」瓊玉皺眉，「好久沒聽妳提起他了，怎麼，又夢到他了？」

我嘆了口氣，「大概是因為我睡前忍不住看了他的臉書。」

「難怪妳會睡不好。」瓊玉一笑，停頓片刻後，突然又問我，「不對啊！你們都分手了，也取消了彼此的好友關注，為什麼好端端昨天突然會想跑去看他臉書？」

「就突然……想知道他的近況。」

「想念他？」

我抿抿嘴。瓊玉的話，讓我一時之間不知道該怎麼回答，於是我拿起熱奶茶喝了一口，才苦笑回答，「也許是吧。」

「但先前一陣都沒聽妳提起他，怎麼突然又想起了他呢？」

「因為李治擎笑起來的眼睛有點像他，還有，他有一個拍我額頭的動作，也很像雷又均以前會對我做的舉動，所以讓我回憶起過去的事情。」我老實回答。

「是喔，那就難怪了。」瓊玉臉上露出了「我了解」的神情。

瓊玉雖然一直沒交過男朋友，但並不是沒人追，之所以遲遲沒有開始她的初戀，是因為心裡一直住了一個「他」。

那個「他」是瓊玉國中三年級時在補習班認識的男孩，因為和其他幾個好友共同組成了讀書會而逐漸熟稔，後來成為了好朋友。大概是因為共同經歷過國三升學壓力的革命情感，兩人可說是無話不談，後來雖然念不同的高中、上了不同的大學，都還是保持著聯絡。有時候他會特地到中部來找瓊玉吃飯，連放假返鄉的時間，都會與瓊玉約好。

莉雅和我都曾以為，只要瓊玉能把握機會表白，最後和他一定能有情人終成眷屬。所以我們不斷鼓勵瓊玉，要她把藏在心裡好久的暗戀心情告訴那個男孩，但每次瓊玉總是在最後的緊要關頭打退堂鼓。大一下學期，瓊玉親手做了一張好漂亮的卡片以及精緻的手工餅乾，想要在耶誕節告白，卻沒料到那個男孩居然帶了他的女朋友一起出席，說要給瓊玉一個大驚喜。

那天他們道別後，瓊玉好像一個人在街上哭了很久，回到住處又被莉雅罵得很慘，責怪她不懂得把握機會。但瓊玉什麼也沒說，只是不斷流著眼淚，說自己的心好像被掏空了一樣。

這種被掏空的感覺我懂。畢竟多年來，那個男孩一直是瓊玉最在意的人，而當他的「驚喜」變成瓊玉心裡的「驚嚇」時，當然難免生出心被掏空的痛苦。這種感覺，絕不僅僅只是瞬間的感受而已，它會一直存在在心裡，很久、很久……或許有一天它可能會不知不覺地消失，但也或許它將永遠存在。

這就像我和雷又均分手時一樣，好幾天我都食不下嚥，每天像行屍走肉一樣活著，該上課的時候上課、該下課的時候下課，沒有什麼事情能讓自己特別感興趣。每天做好該做的事情之後，大部分的時間都浪費在放空上面，到晚上入睡時，他又出現在夢裡，重複上演交往時的畫面。

有的時候，喜歡一個人久了，就會變成堅定的信仰。而一旦這樣的信仰突然被硬生生地拔起，心就會像破洞一樣，很難修補。

瓊玉遲疑地開口，「是說……」

我揚起眉，好奇地看著欲言又止的她。

「妳是不是還喜歡以前的那個他啊？」

瓊玉的問題很簡短，但卻讓我的心漏跳了一拍，「還喜歡他？」

她皺皺眉，一副很擔心的模樣，「是嗎？」

我又吸了一大口飲料，「老實說，我不確定……只知道除了作夢之外，心情很差、很怪，很難形容。」

「天啊，妳這遲鈍的生物！要嘛妳就早一點後悔，也許還有挽回的機會。從高三到現在都已經過兩年了，更何況這期間你們完全沒有連絡，或許人家已經交了好幾個女朋友，早就把妳給忘記了……」

「瓊玉，我沒有多想什麼。」我嘆了一口氣，說話得時候有點無力。

「我知道妳沒有多想，但我也知道，只要有『後悔的感覺』，就是不對。」瓊玉吸吸鼻子，「就拿我來說好了，當他把女朋友帶來的時候，那種難過是必然的，但是真正的心死是當我事後假裝沒事地和他聊天，鼓起勇氣，用半開玩笑的語氣問他怎麼沒有等我告白？他竟然說，如果早些時候我告白的話，他一定立刻答應和我交往！」

「他真的這麼說？」

「唉，妳知道當時的我有多麼後悔嗎？」瓊玉嘆了一口氣，「早知道就聽莉雅和妳的話、早知道就先告白……但是人生沒有這麼多的『早知道』可以讓我揮霍。」

「可是，瓊玉，我覺得有些人也許只適合當朋友，當情人不一定能長久。」

「這我懂！」她苦笑，「反正都是過往雲煙了，像現在這樣，和他維持純友情關係，做不錯的好朋友，我覺得也是很棒的一件事。好啦，別只是談我的事情，妳呢？妳對他到底怎麼樣啊？」

「我真的不知道。」我聳聳肩，看著教授沿著外面的走廊走過來，我低頭把剩下的最後一口三明治吃掉，「專心吧，上課了。」

「怎麼這麼巧遇到妳？」

「在你們棒球隊練球時間過來找莉雅，當然很容易巧遇。」我笑了笑，四處搜尋莉雅的蹤影，但卻只看見其他人好奇往這邊看來的目光。

「莉雅陪學妹去體育組送比賽資料，等一下就回來了。」

「那，這個……」我拿著莉雅要我幫她送來的報告，「請你幫我交給她好嗎？」

「幹嘛這麼急著走？趁著休息空檔，邊等莉雅邊陪我聊天吧！」李治擎拉住我，要我坐在休息區的椅子上。

愣愣地被按在椅子上，我坐在李治擎的身旁，看著球場上幾個正在練習投球的球員。雖然只是簡單的投球、接球的動作，但因為身手俐落，讓我覺得很厲害。

「怎麼看到發愣啊？」

「呀……喔！」我轉頭看著他，尷尬地笑了一下，「我是在專注欣賞貴隊隊員練球的英姿，你應該覺得與有榮焉才對。」

他忍不住一笑。「真會說話！」

「當然。」我點點頭，忽然發現自己跟他聊天時，心情很輕鬆。

「那幾個是學弟，聽說高中時都是不錯的球員。」李治擎向我介紹，「希望今年我們能有好的戰績，當然最好是……大專盃冠軍。」

「一定可以的。」

「如果進入總決賽的話，我會請莉雅通知妳，到時候可別忘了到場加油，我會給妳VIP的最佳觀眾席。」

「我考慮考慮。」我假裝和他唱反調，但其實心裡並不排斥去看場熱血沸騰的球賽。雖然對於棒球規則並不是很了解，但如有機會觀賞總冠軍賽，怎麼想都很棒。

李治擎哼了一聲。「考慮考慮？難道妳不知道大家搶破頭都要爭搶我李治擎專屬後援會的ＶＩＰ座位嗎？」

我不接他的這個哏，搖搖頭說：「不知道，而且嚴重懷疑你這話的真實性。」

「妳滿機車的。」

「不，我是比較老實。」

他不放棄損我。「機車的老實。」

「此言差矣……」我揚起眉，正想反駁他的時候，莉雅叫了我的名字。我轉過頭，看見莉雅正朝我們走來。「莉雅！」

「謝謝梓青！」她小跑步到我眼前。「不好意思麻煩妳跑一趟，替我送報告。」

我將放在一旁的文件遞給她，「小事，不客氣。」

「遠遠看見你們在聊天，好像聊得挺熱絡。你們……」莉雅修長的食指在我和李治擎之間指來指去，一副曖昧的模樣，「該不會早就認識了，背著我偷偷約會吧？」

「妳想太多了。」我瞪了莉雅一眼，沒好氣地說：「我們昨天才認識的，我不是告訴過妳了嗎？」

「昨天才剛認識，今天就聊得這麼投機，太難得了，不如……」

「妳想直接幫我告白嗎？」沒等我反駁，李治擎已經哈哈大笑起來。

「正有此意。」莉雅拍了一下手。

「莉雅妳別耍寶，」我扮了一個鬼臉，「小心我把妳昨天去聯誼，玩得很高興的事情，告訴妳最親愛最親愛的男朋友。」

她一下就沒招了，只能抱怨，「幹嘛這樣！」

「誰叫妳亂說話。」我輕哼了一聲。

「莉雅沒耍寶，她只不過是替我發聲而已。」

我狠狠地瞪了李治擎一眼，「這玩笑一點也不好笑。」

「誰說這是玩笑？誰說我不能追妳？」李治擎瞇起眼，帶著笑意的眼睛很好看。

「又來了，無聊！」不知為什麼，看著他充滿笑意的眼神，我有一種害羞的感覺，為了不讓他發現，我往後退了一小步，假裝將目光看向別處。

但看向別處的我，突然發現一個點熟悉中帶著點陌生的身影……

那個人……是雷又均嗎？

我揉揉眼睛，想再看個清楚，沒想到他正好也不經意地朝我們的方向看過來。我慌忙將注視他的目光移到莉雅臉上，但最後還是忍不住，又再次將目光瞄向男孩所在的位置。

心臟跳得好快！

雖然距離不算太近，看不清五官神情，但那男孩的身影真的很像雷又均，就連臉部的輪廓看起來也有點相像。

他雖然沒有直朝我們這邊走來，但看他行動的方向，好像是要往籃球場而去，因此和我們的距離比剛剛更接近了些。我移動腳步，往他的方向靠近，眼睛偷偷上下打量，仔細觀察他究竟是不是雷又均。

很快我就確定了答案。他是雷又均沒錯。他是！

「韓梓青，妳在幹嘛？」莉雅拉著我的手，「昨晚失眠的威力這麼大？妳恍神得超誇張的耶！」

因為莉雅的話把我從自己的世界裡喚醒過來，然後看見李治擎的大手在我眼前揮舞，「發什麼呆呀妳？」

我尷尬地笑了，看著眼前一臉狐疑的兩人，「沒什麼啦……」

「騙人！」莉雅皺眉，「最好學弟他們練球有這麼精彩，可以讓妳目瞪口呆到這種程度。」

「不是啦，我只是以為看見了……」本想直接把雷又均的名字說出來，但又想到此刻不是談論這件事情的時候，我只好笑了一下，「看見老朋友而已，應該是昨晚失眠，人都生出幻覺了。」

「那妳現在要做的，就是趕緊回住處，好好補個眠。」

「好，等等就回去睡覺。」我看了一眼手表，「我先走囉！」

「嗯，路上小心，」莉雅點點頭，給了我一個很甜的笑容，「謝謝妳幫我送報告來，晚點一起吃飯！」

「好啊……喔，對了！李治擎，我明天就拿書還你。」

「這麼快？」李治擎揚起了眉，「但我真的不急。」

「我知道，可是我寫得差不多了，後面不需要用到書。」

「那約後天好了，明天課挺滿的，比較沒空。」

「我後天下午要去圖書館打工，如果你有空的話，可以到圖書館來，」我想了想，「或者要我拿到球場也……」

「就去圖書館。」他打斷了我的話，「不想讓妳太麻煩。」

「喂，差不多要練球了！」莉雅注意到教練那邊的動靜。

「那就這麼說定，我有空就去圖書館找妳拿書。」

「好。」我點頭答應，但其實心不在焉。我的眼神又不自覺地往剛剛的方向瞟去，但是雷又均已經不在那裡了。

離開棒球場，踩著和情緒一樣沉重的步伐，我走在紅色的人行道，以為吹著清爽的微風會讓心情好一些，但似乎沒有達到預期的效果。慢慢地往停車場的方向走去，沒想到這條平時讓瓊玉和我覺得輕鬆、開心的歸途，此刻卻給我這麼兩極的感受，我的心好像因為剛剛那個男孩，生出種種奇怪而又複雜的情感。

心裡好亂，腦袋好亂，都好亂、好亂！

現在的我，只想快快回到住處，快快地躲進房間，然後躺在柔軟的床上，埋在被子裡，當然……可以的話，我更希望自己什麼也不想，就算放空也沒有關係，只要快快地進入夢鄉就好。

飛奔回住處，我直奔房間，隨便洗漱了一下，便躺在床上。

照理說，依照今天的精神狀況，我應該可以立刻入睡才對，但閉眼睡了十幾分鐘，我卻覺得意識異常清醒，腦袋裡想著的全都是雷又均的事。

韓梓青，妳是瘋了嗎？

那個人長得再怎麼像雷又均，他也百分之九十九點九九不會是雷又均！韓梓青，妳不是才看了雷又均的臉書嗎？他最近的貼文裡，完全沒有提到任何「回台灣」的言語，只知道在籌備什麼活動，每天過得很忙。回台灣算是大事吧？他怎麼可能什麼都沒有提？

所以，他不是雷又均。

我下了結論。

再來，如果那個人真的是雷又均，那為什麼我們之間共同的朋友們隻字未提他回來的消息？至少……偶爾會在臉書上傳傳訊息、留言回應的珉瑜，一定會告訴我一聲吧？但她們什麼也沒有說！

所以，他不是雷又均。

我又下了結論。

對了，今天那人穿著深綠色的T恤。雷又均最討厭那種顏色的衣服了，怎麼可能會穿在身上？

所以，他絕對不是雷又均。

我再下了結論。

還有，今天那個男孩，他……

拉高棉被，整個人縮在被子裡頭，我告訴自己必須停止這無聊又歇斯底里的猜想，結束這蠢到不行的可笑行徑。不管再怎麼猜、再怎麼想都沒有任何意義。就算他是雷又均，那又怎麼樣？我和他的關係，充其量也只是「前」男女朋友而已，而且還是連朋友都當不成的「前」男女朋友。

所以不管他是不是雷又均，都與我無關！

之所以會昏昏沉沉地從夢中醒來，是因為莉雅用她甜美的聲音搭配著頗具威脅性的話語所製造出的違和感，逼迫我從半夢半醒的狀態中回到現實。

「終於醒啦？」莉雅睜著她長睫毛的大眼睛看著我。明明擾人清夢的是她，但看起來卻一副非常無辜的樣子。

「嗯。」我坐起身，伸了個大大的懶腰。

「快去洗把臉，吃晚餐了。」

「什麼晚餐？」我微微閉著眼，有氣無力地問。

「剛剛不是說要一起吃飯？阿鎧和治擎來家裡作客，還買了很多滷味、炸物，妳也一起來吃吧！」

「你們吃吧，我還想睡！」我毫不掩飾地打了個大呵欠。

「哎唷，別掃興。他們真的買了很多東西，還特地帶妳最愛吃的那家肉燥飯便當來耶！」

「先放著，等一下再……」本來非常堅持要再多睡一會兒的我，看見莉雅水汪汪的大眼睛，忽然有點不忍心。「瓊玉呢？」

「她原本也一起吃的，但扒了幾口便當，就匆匆忙忙出去了。她要我們記得留食物，說自己很快就會回來。」

「是喔！」因為莉雅一臉神祕的樣子，我突然好奇起來，忍不住問：「瓊玉有沒有說要去哪裡？」

莉雅雙手交握在胸前，「想知道的話就答應我，起床一起吃晚餐！」

我無奈地嘆了一口氣，「好吧，起床就起床。瓊玉到底去哪兒了？」

「先前聯誼時，有個瓊玉覺得不錯的男生，打電話給她，約她出去。」

一聽到瓊玉的感情發展，我的精神突然好了起來，「然後呢，他們去約會了嗎？」

「小約會吧。」

「那不錯啊！」我笑了笑，「等瓊玉回來，我們再來好好審問她。」

「那是一定要的，」莉雅眨了眨她的右眼，「怎麼可能讓瓊玉逃過一劫呢！好啦，快點出來，我們邊吃邊聊！」

走進客廳，莉雅的男朋友阿鎧拿了一串米血糕給我。

「謝謝。」

「妳睡了整個下午了是不是？有這麼累嗎？」李治擎遞給我一杯手搖百香綠茶，還體貼地幫我插上了吸管。

「你不知道一個失眠的人，精神狀況很恍惚嗎？」我給了他一記白眼。「所以我要趕緊補睡回來啊！」

「我當然理解，所以莉雅提議要買東西回來給妳吃的時候，我和阿鎧二話不說就同意了。」李治擎揚起眉毛，「而且我們是很有誠意的，買了很多好吃的喔！」

「謝謝你們，」我咬著手中的炸米血糕，「味道真好。」

「哼，剛剛還有人不想吃呢！」

我扯著莉雅的手臂搖晃，「哎唷，人家剛剛說的是夢話好嗎……」

「好，我大人不計小人過。」

我們三個人開心地邊吃邊聊，一邊討論有趣搞笑的綜藝節目，一邊談起今天棒球隊練球時好笑的烏龍，講到幾個天兵學弟鬧出的笑話時，大夥笑到不行，我笑得連肚子都痛了。

又過了一個多小時，瓊玉才從外面回來，一回來便帶著滿滿的笑意坐在茶几前，插了一塊炸豆腐放進嘴裡。

「怎麼樣？怎麼樣？」莉雅追問。

瓊玉故意裝傻，但臉上開心的表情卻掩蓋不住，「什麼怎麼樣？」

「少來，還不從實招來！」我雖然故作嚴厲，但心裡其實因為瓊玉可能和對方有感情進展而覺得高興。

「其實他只是今天下午沒課，到我們學校找朋友，回去之前問我有沒有空，一起去吃個冰而已。」瓊玉嘴裡咬著食物，老實地向我們說明剛剛的行程。

「所以……聊了什麼嗎？」

「或者，表達愛意之類的。」莉雅補充。

「沒有，只是單純的吃個冰。」瓊玉聳聳肩。

「原來是這樣，」我點點頭，「但這樣也不錯啊，是個很好的開始！」

「但願如此，我也這麼希望。」

因為瓊玉的加入，我們四個人又聊了很久，等看完綜藝節目，因為莉雅要陪阿鎧去買球鞋而先行離開，才結束了這次的聚會。

「他打來了耶！」忙著整理垃圾的瓊玉，剛綁好塑膠袋，忽然聽見了手機的鈴聲，興奮地嚷了起來。

「快接啊！」我笑著催促。

她看著桌上的杯盤狼藉。「可是這些……」

「放心吧！」李治擎很貼心地接過垃圾袋，「這裡我們來收就好。」

「謝謝，你不僅人帥心又好，果然是天菜無誤。」瓊玉笑得很開心，滑開手機的接聽鍵，甜甜地「喂」了一聲，踩著雀躍而輕快的腳步走進房裡。

「戀愛的女生都是這樣可愛的姿態嗎？」李治擎笑笑地看著我，沒有忘記手邊該做的事情，將鋪在茶几上的報紙小心翼翼地摺好塞進垃圾袋裡。

「是啊！大部分的女孩是這樣。」我把袋口綁好，「不過應該也有不可愛的那種女生。」

他拿起一旁的抹布，仔細地把茶几擦了一遍，「所以妳是哪一種？」

「不可愛的那種。」說完，我們兩個相視而笑。

「垃圾給我，我等等拿下樓去丟。」他站起身，背起自己放在一旁的球袋。

「不用啦！晚點我去。」

「何必麻煩，樓下不是就有垃圾車嗎？我去丟就好了。」

儘管他看起來一臉不在意，但我瞄了一眼那一大袋的垃圾，決定還是跟他一起下樓，「還是我們一起下樓好了。」

「好啊。」

早知道就不跟他下樓了！我幹嘛非得堅持和他下樓呢？倘若剛剛不那麼堅持，直接讓他回家時下樓扔垃圾，現在的我也不會被鎖在大門外。

而正在和昨天剛認識的男生聊得很開心的瓊玉，根本不理會我的電話插撥，害我和李治擎像個呆子一樣，站在門外枯等。

「你先回去好了。」我借他的手機，傳了簡訊給瓊玉。

「沒關係，陪妳一起等。」他揚起下巴，用下巴微微指著一旁的木製涼椅，「我們去那邊坐？」

我點點頭，走到停車棚旁的木製涼椅前坐下，「原來從這個方向看過去，是這樣的風景。」

「喔？」

「我們搬到這裡也有一段時間了，但卻從沒像現在這樣坐在這裡享受悠閒。」

「所以妳應該好好謝謝那包垃圾。」

我看了一眼坐在旁邊的他，他的眼睛像往常一樣笑得彎彎的。「看來也只能隨遇而安了。」

「別急，等瓊玉講完電話吧！」

我往後坐深一些，將背輕輕靠在椅背上，伸直腿。

「妳今天是不是心情不好啊？」他小心探問，「感覺今天離開球場的時候，妳情緒不太好。」

我本想笑兩聲，消遣他幹嘛多管閒事，但一轉頭看見他問得這麼誠懇、這麼認真，我就笑不出來了。沉默了一下，才再次開口，「沒什麼，如果你看到的是我的黑眼圈，那是因為我昨天失眠的關係，但如果你覺得我無精打采，那並不是因為心情不好，而是因為我真的很想睡覺。」

他點點頭，什麼話也沒說。

看著他目光望著遠方的側面，我突然覺得自己那理直氣壯的謊言聽起來似乎有點可笑，於是吸了一口氣，再緩緩地呼了出來，「怎麼不說話啊？」

「沒什麼，我覺得妳心情不好，想說如果妳願意的話，可以說出來。就算我真的幫不上忙，但也許說出來心裡會好過一點。」

「喔，沒有啦！真的只是因為昨晚沒有睡好的緣故罷了。」我希望此刻自己演技夠到位，否則被他當場識破的感覺真的很差。

「嗯……」

接下來的幾秒鐘，我和他之間又陷入了沉默，只是奇怪的是剛剛兩個人都不說話的時候，我並不覺得尷尬，但現在的我卻突然有種尷尬的感覺，是因為自己說謊的關係嗎？

但其實也不算說謊呀……我不是心情不好，只是有一點點失眠，有一點點因為雷又均的事情而感到心煩，還有一點點因為想起了雷又均，而影響了情緒而已……那真的不算「心情不好」。

唉，韓梓青，妳快想想話題啊！

「對了，你有女朋友嗎？」看到同社區的一對情侶走過，我隨口問他，但話說出口，卻覺得自己問了一個很不適合又蠢的問題。

李治擎一臉很有興趣的樣子。「現在還沒有。妳要幫我介紹嗎？」

「並沒有。話說，你有需要被介紹嗎？」我揮揮手，「誰不知道你擄獲了多少少女的芳心啊！」

他忍不住皺眉，「莉雅到底是怎樣跟妳描述我的……」

「不用莉雅說我也知道，像你們這種人啊，本來就是擄獲女孩芳心不償命的。」

他大聲叫屈，「等等、等等！什麼叫做『像你們這種人』啊？」

「就是像你這樣，走俊男美女路線的……這種人。」

李治擎似乎拿我有點沒輒。「還路線咧，真服了妳。」

「本來就是啊！像你們這樣的帥哥正妹，本來就常常一不小心抓住了別人的目光，怎麼擄獲別人的心，可能自己都不知道。」

「沒有這麼誇張，好嗎？」他認真澄清。

「就有這麼誇張。你的魅力我也許不是很了解，但就像我跟你說過的，莉雅身邊的蒼蠅一直多到嚇死人。」我呼了一口氣，「雖然和你剛認識，但看你這副長相，再加上可靠線報，我就知道你也是這樣的人。」

「哈，哪來的可靠線報啊？」

我也跟著笑了笑，突然想起有趣的往事，「對了，說了你可別笑我喔……」

「請說。」

我看了他一眼，「其實小時候我也曾希望自己是個漂亮的女生，能夠吸引大家的目光，所以很愛漂亮，希望自己有著像公主一樣柔順的長髮，等待我的王子出現。」

「然後呢？」

「有一次被班上討厭的男生惡作劇，趁著我趴著睡著的時候，剪了我的長頭髮。當我醒來，發現頭髮被剪掉一大段，對著鏡子一看，就像狗啃的一樣時，忍不住哇哇大哭，嚇得那個惡作劇的男同學也哇哇哭了起來。」我忍不住大笑，沒想到身旁的他也哈哈笑得很開心。

「最後怎麼解決當時的窘境？怎麼讓你們兩個愛哭鬼停止？」

「班導哄不了我，想了好多個方法但都不奏效，最後請校長過來，校長答應立刻帶我去剪個漂亮的髮型，我才不哭的。」

「妳也太有趣了。那麼，那個男生呢？」

「直到我破涕為笑，他才跟著止住了哭泣。」我又笑了。「國小三年級的事，感覺好遠了，當時的自己沒想到這件事許多年後來看，會變得這麼有趣搞笑，後來長大了、懂事了，才慢慢理解一些事……」

「理解到一頭長髮並不是成為公主的必備條件嗎？」李治擎微微揚起他的眉。

我噗哧笑了出來，捶了他的肩，「不是啦！」

「不然到底理解了什麼？」

「後來我才了解，」我想了想，說：「不管是什麼樣的漂亮髮型，都不會改變『我不是公主』這件事情。」

「怎麼這麼說？其實妳……」

我揮揮手，「不用安慰我，我不是妄自菲薄，也不是看輕自己，我只是長大了成熟了，知道自己並不像你或莉雅，能夠輕易成為受人矚目的焦點而已。」

「但妳有屬於妳自己吸引人的特質。」

李治擎的話，讓我愣了一下，因為這話雷又均也曾經說過。

「怎麼了？」看我沒說話，他先開口問。

「沒事，」我聳聳肩，「我前男友也說過相同的話，真巧。」

「這不是巧不巧的問題。」

「我懂了，也許該這麼說……你們安慰人的方式很像。」

「不是，因為這是實話。妳確實有屬於妳與眾不同的特質。」

「真的？」

「妳很可愛也很聰明，和妳說話很有趣。」

「有趣……是搞笑的意思嗎？」

「不是，有趣是一種令人喜歡的特質。」

我正想故意反駁他，但他的手機響起了熱鬧的鈴聲。他拿出了手機檢查，看了一眼，交給我，「應該是瓊玉。」

我接過手機，確認那串熟悉的來電號碼，「對，謝謝。」

「瓊玉講完熱線囉？」當我結束通話，他接過我遞還的手機，笑著問我。

我站起身，拍拍屁股，「對啊！也不知道她到底和那男孩聊什麼，竟然聊了這麼久。」

走到大門口，瓊玉已經從樓上打開了門。

「我要回去了，」我說：「謝謝你還特地留下陪我。」

「別客氣，快進去吧！」他又伸出手，摸了摸我的額頭，「其實和妳聊天，真的很開心。」

「是嗎？因為我很搞笑？」

「不是。」他搖搖頭，「但是說到這個，我想把剛剛沒有講完的話說完。」

「什麼話？」

「剛剛形容妳很有趣，是一種令人喜歡的有趣……」

我有點困惑。「所以你沒說完的話是？」

「沒說完的話，請妳認真聽。」

我點點頭，故意誇張地掏挖耳朵，「洗耳恭聽。」

「但我喜歡的不只是妳的有趣，我喜歡的是站在我面前的妳。」

我喜歡的……是站在我面前的妳……

這是告白嗎？

可是，我和他不是才剛認識嗎？為什麼他會向我告白呢？難道今天是愚人節嗎？

但今天才不是愚人節呢！還是因為我先前不小心得罪了他，他現在想要捉弄我？莫非……他們剛剛趁我午睡的時候玩大冒險，李治擎輸了，所以作為懲罰，他必須向我告白？但他此刻的眼神這麼認真，表情看起來也不像是開玩笑的樣子……這真的是告白嗎？

「李治擎，」我抬頭看著他，微瞇著眼問：「這是告白嗎？」

「沒錯，這是告白。」昏黃的燈光下，原本就帥帥的他好像因為眼神裡的認真，看起來更帥了。

還沒來得及問他究竟是不是開玩笑，就被擔心我怎麼還沒上樓，擔心是不是沒有成功把大門打開的瓊玉把一切都打斷了。她不僅打斷了我脫口而出的問題，還因為急急忙忙推門衝出的緣故，差點把就站在大門口的李治擎和我撞飛在地。

在充滿了驚險、納悶與詭異的氣氛下，我向李治擎說了再見，和瓊玉一起上樓，窩在客廳聊天。

瓊玉說，剛剛那個男孩在電話中問她，下個星期要不要一起去看電影？她原本想要立刻點頭說好，但又礙於「女孩兒的矜持」，故意拖延了半小時，假裝調整自己既有的行程，最後才敲定約在下個星期天。

我笑著說她真有心機，她說那是莉雅教她的「女孩們該有的心思」，不是心機。

「是心機。」我堅持。

「是心思。莉雅說過，有時，要為自己想要的愛情編織一點該有的……」

「謊言嗎？」沒等瓊玉說完，我把話接過去。

「妳很壞耶！」她把抱枕往我的臉上砸了過來，「編織該有的小巧思啦！」

「好，小巧思、小巧思。」我哈哈笑了，看著眼前好笑又有點害羞的瓊玉，覺得她真是一個很可愛的女孩。

「這一次，我要好好把握。」瓊玉收起打鬧開玩笑的表情，突然認真地說。

「嗯，我和莉雅都會幫妳加油的！」我雙手握拳，做出我們三人之間加油打氣的默契動作，「為了瓊玉的愛情，別說是心機、心思、謊言或是小巧思，就算是催眠術，我們都會幫妳到底！」

「好可怕的策略。」瓊玉皺皺眉，但臉上的表情是開心的。

「當然囉，為了我們的瓊玉的幸福，這是必要的。」

「好感動喔，謝謝妳。」

「別客氣。」我笑了笑，「剛剛我還想說妳怎麼聊這麼久，忍不住跟李治擎抱怨妳見色忘友呢！」

「哈哈，雖然我是見色忘友的那種人沒錯，但剛剛真的不是故意的。我看到插播的是一串不認識的手機號碼，所以才沒有理會，後來妳傳訊息過來，又因為我在講電話，所以真的沒有注意到。」

「沒關係啦，反正我在樓下也沒有等多久啊！妳的感情有進展，比什麼都重要。」

「希望這是戀情的開始，而不是孽緣的開始。」

「不會啦，只要好好把握，相信一定會很圓滿。」

「希望囉！」瓊玉點點頭，像想起什麼一般地突然轉過頭看我，「對了，李治擎剛剛一直陪妳等我開門？」

「對啊！」

「他真體貼。」瓊玉瞇著眼睛說。

我想了想，認同地點頭，「他確實滿體貼的。我本來要他先回去，他卻堅持要等妳下來幫我開門。」

「夢幻天菜！」瓊玉的臉上，好像畫上了一顆很大的愛心。

我輕哼了一聲，故意反問，「既然李治擎是夢幻天菜，那為什麼妳不喜歡他，卻喜歡那個某某某？」

「哎唷，雖然我嚮往愛情，但我也知道什麼樣的男孩適合我，什麼樣的男孩不適合我。」

「所以李治擎是不適合妳的男孩，但是那個某某某是適合妳的男孩囉？」

「可以這麼說，而且……」瓊玉想了想，好像在思考什麼，「我覺得對於李治擎，根本不到討論適不適合的階段。」

「怎麼說？」

「夢幻天菜之所以叫做夢幻天菜，就是因為太夢幻了，所以不適合我。」

「這是什麼理論？」

「瓊玉理論，哈！就因為他這麼搶手，可以選擇的對象這麼多，所以不會選擇我這種醜小鴨。與其花心思在他這樣的人身上，倒不如找一個適合自己的男孩，這樣比較實際，妳說對不對？」

我嚴肅地說：「瓊玉，別看輕自己。」

「才不是咧，我只是知道自己要什麼而已！」她皺皺鼻子，「其實，我覺得妳和李治擎滿配的！」

我「噗」的一聲，差點因為瓊玉的話而傻眼，「這應該是本世紀最好笑的笑話了。」

「不，」瓊玉伸出食指搖啊搖，一副認真到不行的模樣，「我不是開玩笑的，相反的，我很認真。」

「少來！」我不客氣地反駁她。但因為她的話，我想起了今天晚上，也就是剛剛李治擎莫名其妙的告白

「我是說真的，我真的覺得你們很適合。」

「是這樣嗎？」我尷尬地笑了一下，因為從瓊玉的表情看來，我知道她不是在開玩笑。

「是啊，難道妳不覺得嗎？」

我思考了幾秒，聳聳肩，「不知道。」

「怎麼會不知道呢，」瓊玉盤起腿，興致勃勃地說：「妳回想看看你們的相處情形啊！是不是很自然、很不受拘束，可以聊東聊西？」

「很自然、很不受拘束……」我重複她的話，「可以聊東聊西……呃，算是這樣沒錯。」

「那就是啦！」

「但我也可以和妳一起聊東聊西呀！」我提出反駁。

「哎唷，韓梓青，妳認真一點，我是真的想要跟妳好好討論這件事情。」

看瓊玉無奈又沒好氣的樣子，我也收起了我的不正經，「好啦，我正經點。」

「妳到底覺不覺得他適合妳？」

「我不知道我們是不是適合，但延續妳剛剛的『瓊玉理論』，我覺得過於夢幻的天菜也不適合我。」我認真地回答，沒有任何開玩笑的意思。

「怎麼會不適合妳？」瓊玉緊皺著眉，音調飆高。

「就是不適合。從小我就知道，韓梓青不是個公主，我只是個普通女孩，不適合配他那樣的夢幻天菜。」我停頓幾秒，「我覺得，像他這樣的男孩，比較適合莉雅那樣的公主。」

「但梓青妳很可愛！我覺得妳才是妄自菲薄，超沒自信！」

我有些疑惑，低頭看看自己。「是、是嗎？」

「當然是啊！」瓊玉嚴肅地點頭。「好啦，我問妳……如果有機會和他在一起，妳會接受李治擎嗎？」

我吸了一大口氣，想起他剛剛在樓下的告白以及他告白時的認真表情，一時間心跳加快，「其實……」

「其實妳對他也有好感？」瓊玉瞪大了眼睛，好奇地搶問，表情誇張得就像是八卦報紙的記者搶到了大獨家一樣。

「其實剛剛在樓下的時候，他告白了。」

「什麼？」因為驚訝，瓊玉聲音再度飆高，「告白？跟妳？」

不知道為什麼，我有些尷尬。「是啊。」

她比我還急。「他怎麼說的？妳怎麼回答？那是什麼情況？說啊！快點說啊！」

「等一下，妳一次問這麼多問題，我要怎麼回答？」我白了瓊玉一眼。

「那到底是怎麼回事啦？」

我緩和了一下情緒，「他就突然說他喜歡我的有趣，也喜歡我這個人……就這樣。」

「喂，妳的劇情簡介也太扼要了吧，這樣講，誰聽得懂？快說清楚。」瓊玉著急的催促著。

我把剛剛在樓下的情形，盡可能詳細地描述給瓊玉聽，「……大概就是這樣了。」

「那後來呢？」她忙著追問。

「後來我的好姊妹兼死黨就一把推開了大門，差點把我們兩個撞飛！」

她一臉愧疚。「哎唷，我真是殺風景！」

「還好吧，我倒想謝謝妳呢。因為當時的我，根本不知道該怎麼回應他。」

瓊玉一愣。「就答應他呀，這麼簡單，有什麼不知道的？」

「沒那麼簡單好嘛！」我忍不住苦笑。

她一拍掌，「對，確實沒那麼簡單，至少應該撲上去用甜蜜的吻回應他才對。」

我翻了翻白眼，「但我們才剛認識耶！」

「小姐，妳沒聽過所謂的一見鍾情嗎？」

「但妳也知道，我從來就不相信所謂的一見鍾情。」

「可是如果感覺對了，就別管什麼相不相信啦，像我……」她說著，臉一紅。

「我懂妳的意思，可是每個人面對自己的愛情問題，都會有不同的應對方式，」

我猶豫片刻，「而且，我總覺得他是在開玩笑。」

「我不覺得他是這麼無聊的人。」瓊玉想了想，「我也不覺得李治擎是那種會把感情當玩笑處理的人。」

「真的嗎？」

「嗯。」她很認真的點頭。

我們正在談著，莉雅推門回來。

「李治擎走了嗎？妳們在聊什麼啊？」她脫掉低跟包鞋，換上脫鞋，「還沒開門，我就聽到妳們在屋裡交談的聲音了。」

瓊玉拉了莉雅坐在沙發上，「妳差點錯過今天晚上最精彩的消息了，來，快來聽！」

「喔，我嗅到八卦的味道喔！」莉雅挑挑眉，「快說，是不是瓊玉妳和那個誰誰誰……」

瓊玉瞇起了眼，指著我。「我不是重點，我的事情根本比不上一會兒妳聽到梓青的八卦更勁爆！」

「梓青？」莉雅將目光移向我。

瓊玉根本不容許我抵賴，劈頭就說：「對！剛剛李治擎向梓青告白了，就在樓下。妳知道李治擎跟梓青說什麼嗎？他說……」她很快地把我剛剛告訴她的內容，隻字不漏地轉述給莉雅聽。我認識瓊玉以來，還沒發現過她的記憶力與轉述能力是如此驚人。

「李治擎告白了？」莉雅睜大了眼睛問，但是臉上的表情似乎沒有特別驚訝。

「沒錯！」

「哦，他滿有勇氣的。」莉雅點點頭。

「超有勇氣又浪漫……被夢幻天菜告白，怎麼想都好棒！」瓊玉雙手合十，一副陶醉的模樣，不過很快地就回到現實，「為什麼我覺得莉雅妳好像一點都不吃驚啊？」

「因為我早就知道李治擎喜歡韓梓青了啊！」她閃著無辜的大眼睛回答。

「什麼！」瓊玉和我異口同聲地嚷了起來。

「哎唷，妳們的表情也太驚訝了吧？很誇張耶！」

「妳早就知道李治擎喜歡梓青？」

莉雅笑嘻嘻地說：「是呀，只是沒想到他會選在今天直接告白。那妳……」她轉而問我，「雖然被瓊玉打斷了你們的談話，但妳打算答應他嗎？」

我搖搖頭，「沒有。」

「哎唷，莉雅，妳又不是不知道，梓青從不相信什麼一見鍾情之類的事！她一直在說，自己從小就自認不是公主，和李治擎這種受人矚目的夢幻天菜不配。」

「我懂了。」莉雅一臉明瞭，轉頭看我，「但是梓青呀，妳老在意這些有的沒的，只會錯失好對象喔！」

「妳們都想太多了……總之，我怎麼想都覺得很奇怪。再說李治擎知道我這個人才不過兩天，坦白說，他的告白真實性很讓我懷疑。」我苦笑一下，「所以我猜，他有可能只是在開玩笑或者玩什麼真心話大冒險輸了，才拿我取笑。」

莉雅呵呵地笑了兩聲，「其實他知道妳很久了，不，嚴格說起來，應該是……他喜歡妳很久了。所以對於他的告白，妳可以放一百個心，那絕對是真的。」

「妳怎麼這麼有把握？」

「因為從大一下學期開始，妳和瓊玉到棒球隊辦公室等我的時候，李治擎就注意妳了。」

我嚥了嚥口水，「所以……他從那時候就喜歡我？」

「是啊，原本我也不知道這回事，但不久之前球隊聚會時，大家問他為什麼不交女朋友，他才講出事情的始末。」莉雅笑了一下，「那時我才知道，原來他的心裡早就放了一個韓梓青。」

瓊玉又驚又喜。「莉雅，那妳怎麼不早點告訴我們？」

「我有呀！」莉雅比了個指天發誓的手勢，「我早就說過球隊裡有一個男孩子喜歡梓青，還向我探問梓青的消息……妳們老實講，有沒有印象？」

我想了想，好像確實有這麼一回事。只是當時的我完全沒有想談戀愛的衝動，還以為莉雅是在開玩笑，笑著聽聽就帶過了，並沒有放在心上。

但因為莉雅的話，我忽然對於李治擎的一些態度和反應有了更深的理解。原來他之所以能夠輕易猜中我心裡在想什麼，之所以能夠這麼容易就融入我的生活，是因為從很早以前，他就默默地注意著我……

「但當時妳沒有講清楚，喜歡梓青的是李治擎這顆天菜啊！」瓊玉追根究底。

「好，這件事情我必須道歉，因為李治擎要求我別說。」

我趕緊打圓場，「沒關係，這又沒什麼。」

「到後來，我也忘了這事，沒有再跟李治擎談起。我原以為他早就放棄了，但沒想到昨天在練習時，他忽然興沖沖地跟我提起在圖書館遇到梓青的經過。」莉雅誠懇地說：「坦白說，雖然我早就知道他不是個隨便的傢伙，但我還以為他對梓青的好感，會因為缺乏互動而逐漸冷卻。所以聽到他跟妳告白，我除了訝異之外，還覺得有點感動耶！」

我只是笑了一下。

「所以，梓青，妳會接受他嗎？」莉雅認真地看著我。

我聳聳肩。「目前不會，因為我希望自己所遇到的喜歡，是愈陳愈香的那種。」

各自回房後，我躺在床上，陷入了一種奇怪的狀態。好像人很清醒，但又無法集中精神，好像有點疲倦，但又彷彿精神亢奮。

望著天花板，想著剛剛和瓊玉、莉雅聊天的內容，想起莉雅說李治擎很久以前就喜歡我的話，然後回憶起稍早在樓下大門時，李治擎突如其來的告白……

現在想想，我很慶幸瓊玉的突然出現，打斷了那場告白。如果當時沒有被打斷，我會說些什麼呢？是會直截了當地拒絕他？還是打哈哈地帶過這一切？

其實，李治擎並不是上大學以來第一個向我告白的人，但先前面對學長的深情告白，我毫不猶豫地拒絕了，連想都沒有多想，還把他送給我的小熊花束還給他，帥氣地告訴他，可以送給更適合他的女同學。而面對隔壁班同學的示愛時，我也是直接回答「我們不適合」。但是為什麼面對李治擎，我卻不知道自己要怎麼反應？

難道在潛意識裡，我真的有點喜歡他嗎？

不，也許是因為我和他的相處，就像瓊玉說的一樣，聊天的時候可以很放鬆、很自在，好像什麼都可以聊，但這也不代表就是喜歡吧？充其量只能說是「不討厭」或是「有點好感」而已，但是真要說到成為男女朋友，其實還有一段距離……

我勉強找到了解釋自己猶豫拒絕的理由。

大概是因為個人的愛情觀吧！我對於唐突、沒有足夠心理準備的告白卻步，因為我根本沒把握，能夠在短時間內真正了解、認識一個人，更何況是交往。

高中的一個好朋友曾說過：「只是交交男朋友而已，別想得跟結婚一樣嚴肅，如果真的不適合，分手就好。」但我的想法不一樣，與其輕易分手，我更希望能夠好好面對每一份感情。

和雷又均的那段感情發展，身為同班同學的我們，也是在成為好友後很長一段時間，才因為他的告白而交往。儘管在做朋友時，我對他的好感已經與日遽增，但一直無法鼓起勇氣坦承，所以即使已經深深喜歡上他，也不敢隨便表現出來，直到他主動對我表示喜歡我，我才敢告訴他，其實我也很喜歡他。

轉過身，舒服地側躺著，突然想起剛剛莉雅說起，李治擎從大一下學期就喜歡我了……當時，我可能還在因為雷又均的事情而難受，沒想到竟有一個男孩，默默地在一旁注意著我。

正想著，手機通訊軟體傳來了簡潔的聲響，提醒我收到新訊息。

我正猶豫是否應該去檢視訊息時，手機又再次響起新訊息的提示音，於是我下了床，拿起手機又窩回床上，點開通訊軟體檢查，發現是李治擎傳來的訊息，一則是問我睡了沒？另一則則是可愛的傻笑貼圖。

我也回傳了一張貼圖，不到三秒，圖片就顯示「已讀」，隨即響起手機鈴聲。

「喂？」我接起電話。

「喂，妳休息了？」

「快了。剛剛和莉雅、瓊玉聊天，我們才剛各自回房不久。」

「今天在妳家吃飯，和大家一起談天說地，我很開心。」電話那頭的他輕輕地說。

「大概因為我們都是聊得來的朋友吧！」我笑了一下。

「是啊，遇到頻率相同的朋友，就是一種幸福。」

「完全同意。」我點頭附和，但立刻覺得自己很好笑，明明只是講電話，竟然還不自覺地點頭。

他遲疑了一下，「梓青，今天晚上我的告白……」

「嗯？」

「妳的回答是什麼？」

「對不起，我不知道該說些什麼。雖然不討厭你，對你的感覺也不錯，但我總覺得……」

「進展太快了，對不對？」他笑了笑，「莉雅剛剛跟我說過了。」

「可惡的莉雅，竟然通風報信！」

「她不是那個意思。」電話那頭，李治擎停頓了幾秒，「莉雅是為妳好，就像大一的時候，我想向妳告白，她偷偷先幫我試探了一下妳的口風。她這麼做，不只是幫助我，也是希望我別嚇壞妳。」

我聽著李治擎的解釋，心裡因為莉雅的體貼而倍感溫暖，回想起大一的時候，莉雅常問我可不可以幫我介紹男朋友，或是表示球隊有人想認識我，但是每一次，都因為我說還忘不掉心裡的那個人而澆熄了她的熱情。

李治擎繼續說下去，「不過，我打電話給妳，並不是想問妳的答案。」

「不然呢？」

「我只是想告訴妳，我今天不是衝動告白。在開口之前，我就知道妳不會立刻給我肯定的答案，但希望妳別急著拒絕我，讓我認真、專心地追求妳一陣子，好嗎？」

他的話讓我的心臟漏跳了一拍，不知怎麼的，心裡生出一股溫暖的感覺，也許是因為他的認真，以及他誠懇的語氣。

「也希望妳別因此而覺得不自在。」

「不自在……」我重複他的話，不知道該怎麼回應。

「今天晚上，我只是單純想把喜歡妳的心意告訴妳，希望妳不要有壓力，也希望我們可以繼續自在的相處，別因為我的告白而改變了什麼。」

「我盡量。」

他把話說得很明白，我確定自己也聽得很清楚，但是能不能照他所說的「別因為我的告白而改變什麼」，能不能與他自在相處，其實我一點把握也沒有。

從電梯出來，我推著書車走進三樓書庫，先將滿滿一車的書依照號碼大致分類後，再把書一一歸架。

以前覺得在圖書館工作是輕鬆簡單的差事，但自從親身打工之後，才發現圖書館的差事也滿累人的，一點也不輕鬆。

雖然因為很喜歡看書，國、高中時常去附近的圖書館借書，這學期還幫莉雅代圖書館的班，但對於書籍的擺放和借還作業，我沒辦法做到像莉雅以及瓊玉這麼熟練。如果說莉雅和瓊玉是國中生程度，我充其量只有幼稚園水準而已。

我一一將書籍放回架上，順手將發幾本放錯架位的書重新整理，而當我整理到文學小說區的時候，從縫隙間看見隔壁的走道上，一個男孩正背對著我低頭找書，他找著找著，轉過身來，正巧迎上了我的目光。

一般人碰到這種與陌生人四目交接的情況，總是會下意識移開目光，我也一樣。但此刻的我卻沒有像平常一般地即時反應，而是因為那熟悉的目光而感到驚訝。

雷又均……是雷又均嗎？

因為驚訝的關係，我手上的書不小心掉了下來，發出了不小的聲響。當我暗叫不妙，低頭想把書撿起來的時候，突然一雙球鞋出現在我的視線範圍。當我看見對方蹲下身撿起書本的同時，忽然覺得鬆了一口氣。

「怎麼這麼不小心啊？」李治擎小聲問著，起身幫我把書放回架上。

「太貪心了，想一次把整排書都歸架。」我尷尬地笑了笑，突然想起剛剛看到的那個男孩，再往隔壁書架區的方向看去，卻發現那條走道空空蕩蕩的，一個人影也沒有。

又把一本書放回架上的李治擎望著我問：「怎麼啦？」

「沒什麼。」我慢慢推著書車往下一排書架移動。「對了，我收拾完這些書就下班了，你要等我嗎？還是我先下樓，把你的書拿給你？」

「我陪妳收書吧，反正今天不用練球。」

「謝謝你。」

在他的幫忙下，我們很快就把一整輛書車的書籍全部上架完畢。原以為會因此延後半小時下班的我，在李治擎的幫助下，只比原定下班時間晚了幾分鐘就完成工作，順利簽退了。

「謝謝你的幫忙。」

「不客氣，這沒什麼。」

「原本還在想，我一個人要把所有的書上架，可能無法準時下班呢。」我笑了一下，和他並肩走下圖書館大門前的階梯，由衷地說：「還好有你在，真是太謝謝你啦。」

「這真的沒什麼，別老是把『謝謝』掛在嘴邊。」

我突然想起了什麼，臉上微微一笑。

「想到什麼事情這麼愉快？」

「我有一個很要好、很要好的朋友，就因為我老是說謝謝謝謝，謝不離口，和我鬧不愉快鬧了很久。」

「妳們交惡？」

「也沒這麼嚴重。總之，國中的時候，她坐在我的前面，當時的我搞不懂，她好像特別不喜歡我。」我嘆了一口氣，「我一直在想，是不是說錯什麼話得罪了她？」

「後來呢？」

「後來有一年生日，我放學整理書包的時候，她突然將一份包裝精美的禮物放在我桌上。以此為契機，我們終於把話說開了，我才知道，原來她的性格大而化之，不喜歡別人老把『謝謝』這兩個字掛在嘴邊，她每次聽到都很尷尬，不知道該怎麼回應，所以只好臭臉給人看。」

「這種人還真有個性。」

「對啊，不過後來她就習慣了，我怎麼說謝謝她都無所謂。現在我們一講到這件事情，我就會罵她機車。」我揚起眉，「有機會介再紹你們認識，她真的很有趣。」

「好，希望能以韓梓青男朋友的身分認識她。」

我瞪了他一眼，「你真是想太多了！」

「但我不是開玩笑的。我會認真追求妳，這句話是很認真的，請妳別忘記。」

「我已經忘記了。」我故意聳肩，「你剛剛曾經說什麼要追不追的話嗎？」

「那我再說一遍。我叫李治擎，現在正積極地想追韓梓青同學！」他大聲宣告。

「欠揍耶！」我有些著急，「不准一直把這句話掛在嘴邊，我不想惹來非議。」

「窈窕淑女，君子好逑。」李治擎一副無所謂的樣子，「為什麼我不能把想追妳的事情昭告天下？」

「因為你是夢幻天菜，我可不想被夢幻天菜的粉絲們排擠或討厭。」

「但妳看起來並不像是那種會擔心被別人說閒話的人。」

我思考了一下，發現他確實有點了解我，「你猜對了。」

「我不是猜的。」

「莉雅告訴你的？」

「也不是。」

我好奇了，「還是你問瓊玉？」

「都不是。」他收起原本隨性的神情，眼神認真地看著我，「我想是因為我夠了解妳，妳應該是這樣的人沒錯。」

「哦？」

「因為有足夠的了解，所以我才開口說要追妳的。」

「哼，才不相信咧！」我撇過頭去。其實他說的話，我已經有點相信了，只是看他一臉誠懇的樣子，不知怎麼的，我不好意思直接面對，只好用半開玩笑的態度來處理此刻的場面。

「但我說的句句屬實啊，喂……小心！」

我輕哼了一聲，揚頭向前走，但在人行道的轉角不小心撞上一個男孩。因為我加快腳步的關係，整張臉都撞上了對方厚實的胸膛上。「哎唷！」

「妳還好吧？」揉著臉，我聽見李治擎說話的聲音。

「超痛！」我低聲說。

「怎麼這麼不小心？」

「好痛……」我摸摸鼻子。因為撞到鼻子的關係，痛得眼淚直流。

李治擎扶著我，擔心地看著，又問了我一次。「妳沒事吧？」

「沒關係，但是真的好疼！」

「怎麼還是這麼魯莽，一點都沒有改變，以後走路小心一點。」被我撞到的人語氣不佳地指責。

「喔，對不起！」我摸著鼻子，心裡暗罵自己的莽撞，好不容易稍稍恢復了理智，突然想起對方說的話。

他說，怎麼還是這麼魯莽……是我聽錯了什麼嗎？

我抬頭看著眼前距離我好近的男孩，忽然發現這個人竟然是雷又均！

他的頭髮比高中的時候留長了點，染成咖啡色。在用熟悉的仰角望著他的臉時，我突然發現，眼前的他比高中的時候帥上很多。老實說，要不要前幾天偷偷看了他臉書的照片，我可能一時之間認不出他來。

我擦掉眼角的眼淚，揉揉眼睛，吃驚地看著雷又均，霎那間竟不知道應該開口跟他說些什麼。我嚥了一口口水，發現心臟怦怦跳，速度好快、聲音好響，我不由得懷疑心跳的聲音是不是連李治擎和雷又均都聽得見。

「又均？」我睜大了眼睛，一度以為自己因為剛剛的撞擊而生出幻覺。

「難道妳曾聽說過我有個長得一模一樣的雙胞胎兄弟嗎？」雷又均面無表情地反問我。

「喔……所以你剛回國嗎？」

「七月回來的。」

七月至今，好幾個月了，怎麼我一點也不知道他回國的消息？

我正想問他怎麼會出現在我學校，後面傳來一陣甜甜的呼喊聲，叫喚他的名字。順著聲音的方向看過去，我看見一個長髮女孩和四、五個男孩站在一起，朝雷又均猛揮手，一臉著甜美的笑容，人……很漂亮。

將目光從漂亮女孩身上收回，我轉頭看著眼前的雷又均，尷尬地笑了一下，「你朋友在叫你了！」

「妳剛剛想說什麼嗎？」他揚眉拋出問題。

「沒什麼、沒什麼，」我連忙說：「你快去吧！」

「嗯哼。」雷又均把目光飄到李治擎身上，走了幾步又停下來，「所以，當初……妳是因為他？」

當初？因為他？

我皺皺眉，突然會過意來。「不，不是……他。」一向口齒伶俐的我，在他面前竟然像舌頭打結一樣，好好的話說得七零八落的。我深吸了一口氣，想藉此讓自己稍微緩和緊張的情緒，但想再多解釋些什麼的時候，他已經掉頭走遠。

在李治擎的提議下，我們走出校門，在學校附近的豆漿店點了一些點心。我邊吃邊將自己整理好的幾個大綱，告訴李治擎。

舀了一匙熱豆漿，我小心翼翼地吹了吹，覺得不熱的時候才喝進嘴裡，「真好喝，從小到大，我一直都很喜歡喝豆漿。」

「我也滿喜歡的。」隔著桌子，坐在我面前的李治擎笑了笑。

「書還你，我把重點的地方都貼上了彩色標籤，給你參考囉！」

「謝謝。」

我挑著眉，用食指指著他，「欸，別老是把『謝謝』掛在嘴邊。」

他立刻懂了我的幽默，開朗地笑了，「快吃吧，蘿蔔糕都涼了。」

我放下湯匙，從背包裡找出髮圈，紮起高高的短馬尾，舉筷夾起了蘿蔔糕。

「梓青，剛剛那個男孩是誰？妳認識他？」

我手一抖，咬了一半的蘿蔔糕不小心滑落在盤子上，「他是……」

「如果不想說的話，可以不說沒關係。」

我苦笑了。「沒什麼不好說的，他是我前男友。」

「果然沒錯。」

「唔？」

「看妳和他互動的樣子，我覺得你們的關係應該不平常。」

「這麼明顯嗎？」

他點點頭，停頓幾秒，「尤其看他打量我的眼神，呃……其實不到『打量』這兩個字，因為他不是個沒禮貌的人。但我覺得，那是喜歡同個女孩的男生會表現出的態度。」

我放下筷子，抽了一張面紙擦擦嘴。「我知道他看了你一眼，我想他之所以看你，只是因為好奇。」說著，我嘆了一口氣，想起雷又均說的「當初妳是因為他」的那句話。

「別小看男生，我們的直覺也很準的。」

「是這樣嗎？我不知道你們男生的直覺究竟準不準確，但是我唯一能確定的是，我和他之間，不會再有『喜歡』這兩個字的存在了。」

「為什麼？」

「高三那年，他辦了休學出國後不久，我們就分手了。」我嚥了嚥口水，「差不多也在那個時候，和他一起出國的女同學珉瑜偷偷告訴我，他在英國交了一個女朋友。」

「劈腿嗎？」

我點了點頭。

「等等！我有點好奇，為什麼那個女同學會和他一起出國，然後還特地告訴妳他的狀況呢？」

「高中的時候，我們幾個人是很要好的死黨，珉瑜也是其中之一。她家和我前男友家是世交，聽說還是生意上合作的夥伴，」我回想好久以前的往事，「當時他們一起出國念書，是因為兩家人都到英國發展。」

「原來是這樣。」李治擎點了點頭，「那時的妳一定很擔心這種遠距離戀愛能否持續吧？」

「其實我原本不擔心的，因為我總覺得我們的感情禁得起遠距離的考驗。」我吸吸鼻子，想起當初自以為堅定，但現在回想起來卻可笑的天真，「然而事實證明，該發生的事情不會因為我們擔心或不擔心而不發生……我的意思是，會發生的事就一定會發生。」

「珉瑜是怎麼跟妳說的？」

「她寫了一封很長的信給我，說她夾在我和我前男友之間，兩邊都是朋友，不知道該不該說實話。但她雖然猶豫，卻不希望我被傻傻瞞在鼓裡，因為我前男友和同班的一個外國女同學交往了。」我鼻子酸酸的，原以為這段很久不曾提起的往事，不會再掀起心中的波濤，沒想到回憶起來，心裡卻還是泛起一股淡淡的憂傷。

「然後呢？」

「我大哭了一場，原本也不相信，但是冷靜想想，珉瑜不可能騙我。更重要的是，確實，雷又均很長一段時間都沒跟我聯絡，我想是因為他交了新女朋友的關係吧。」我舀起熱豆漿喝了兩口，緩和了一下情緒。

「後來是妳主動聯絡他的嗎？」

我搖搖頭，「不，幾天後，他又打電話給我。」

「他有提出交新女友的事情，或是提分手嗎？」

「沒有。他就像往常一樣平靜，好像什麼事情都沒發生。正因為如此，我才真的生氣了。當初交往的時候，我們就曾說過，只要彼此喜歡上別人，一定要明白的告訴對方，但他卻選擇隱瞞。」我沉默了一下，「更讓我死心的是，當我故意笑著問他，是不是因為交了新女友才這麼多天不打電話給我、不聯繫我的時候，他卻推賴說沒有這回事，還敷衍地說他其實真的很想我。那語氣之理所當然、輕描淡寫，好像完全不曾劈腿一樣……」

李治擎一臉困惑，「難道是誤會？」

「不可能。他到英國之後，幾乎每天都會打電話或傳訊息給我。但就在收到珉瑜信件前的一段時間，他突然中斷聯繫，音訊全無，就連臉書都不理會我發的訊息，但又不解釋是什麼原因……你覺得，這是誤會嗎？」

「分手是誰提的？」

「我。」

「哦？」

「我告訴他，我不能原諒他的欺騙。雖然他一直狡辯，說他沒有，還說不明白我在說什麼，但我再也無法忍受了。最後我掛了電話，再也不跟他聯絡。」

李治擎沒有說話，只是點頭示意。

「後來他有找了我幾次，但我都沒有回應。」我搖搖頭。「在最後一通電話中，我曾告訴他『要是我交了新男友的話，一定會認真提分手，所以我們分手吧』。我想他應該會懂我的意思。」

「妳的意思是，妳暗示他妳是因為有了新男友才分手？妳怎麼不告訴他，妳從朋友那邊得知他劈腿的事情？」

「我擔心這樣做，會害珉瑜被他責怪。」

「但事情總要說清楚。」李治擎緩緩地說，還嘆了一口氣。

「有沒有說清楚，真的有這麼重要嗎？」

「當然，如果妳很在意這一份感情的話，就應該認真的處理。」

我苦笑，「對於這份感情，我當然在意。」

「那為什麼不問清楚一點？」

「因為……」我想了想，「因為我相信珉瑜啊！而且他突然失聯了一陣子，應該就是非常有力的證據了，我總不能直白地告訴他，是珉瑜通風報信。」

他停頓了幾秒，一臉認真地看著我，「問出答案的方式有很多種，我總覺得妳太快就相信朋友的片面之詞。」

「珉瑜不會騙我的。」我很堅持。

「我沒有指責她欺騙的意思，我只是想說，就算她沒有騙妳，但也可能是她誤會了妳前男友什麼，或是……」

我揮手打斷了他的話，「別說了，一切都過去了。」

李治擎沉默了片刻。「韓梓青，也許我這樣說很不適當，但我覺得當時的妳明顯缺乏勇氣去追問真相，這樣真的好嗎？」

把目光從他臉上移開，我低頭看著自己的豆漿，想著他所說的話……

「謝謝你送我回來。」

接過我手上的安全帽，李治擎把帽子放進機車的置物箱，「如果明天瓊玉的車還沒有修好，要再跟妳借車的話，就告訴我一聲，我來接妳上課。」

我揮揮手，謝謝他的體貼。雖然我們三個女孩都騎機車上課，其實到學校的路並沒有很遠，只要提早二十分鐘出門，步行到校，順路買個早餐都來得及，「沒關係。」

「韓梓青，別客氣，明天我也是要去學校的啊！」

看李治擎一臉堅持的樣子，我只好點頭同意了他的提議。「好啦，如果我和莉雅或是瓊玉的時間搭不上，一定會請你幫忙，好嗎？」

「這樣才對嘛！不給我一些機會，我怎麼能追妳？」李治擎揚眉而笑。

「李治擎，你真的好煩、很令人討厭耶……」我順手往他的肩膀捶過去，但他猜出我的招式，很快就閃了過去，「可惡！」

「我已經中招太多次了，再中招未免也太蠢了。」

我雙手扠腰，瞪著他，「李治擎，你不是想追我嗎？」

「是啊。」

「那你知道這樣閃躲，會讓我扣分嗎？」我語氣很挑釁。

「所以？」

「所以教你兩條路……」我嘿嘿笑，「第一條路呢，就是滿足我虐待狂的私欲，一次被我揍個夠！至於第二條路，就是快快打消追我的念頭，趕緊打退堂鼓，去追其他溫柔又適合你的女孩。」

他挑了挑眉。

「我個人建議，選擇最適合你的第二條路。」

「所以說了半天，妳是想要叫我打消追妳的念頭，是嗎？」

我點點頭，「我只是提早讓你知道，我有虐待人的傾向。趁著和你交情還不深，先提醒你可能會有的後果。」

「那可真是謝謝妳了。」他攤了攤手，一副不為所動的樣子。「但除非妳有了喜歡的人或是有了交往的對象，否則我是不會打退堂鼓的。」

我一愣。

「怎麼樣，是不是被我的深情感動了？」

「並沒有。」我將下巴揚得高高的。

他臉上的笑容在昏黃路燈下似乎更好看了些。「時間差不多了，我要趕緊回去搞定這份報告。」

「今天晚上？」說實在的，我有點驚訝。

「當然。」

「真不愧是書卷獎得主的神人級人物。」

「知道就好。」他自己比出了大拇指。

「好啦，那你騎車回去小心一點唷……」

「沒問題，倒是妳……」

我指著自己，「我怎麼樣？」

「別因為前男朋友的出現，又想起了難過的事情。如果真的睡不著，不管幾點都可以打給我。」

「李治擎！」我有點感動。

「還有……」他遲疑了一下，「雖然我這樣說不好，但我覺得，那個人看起來，不像是個會劈腿的人。」

我嘆了一口氣，「當時的我也是這麼覺得的，但是就像我說的，如果要對質，就得把珉瑜的事情說出來，我是不會出賣珉瑜，讓她兩難的。」

「這麼有情有義？但是這樣的妳，也有可能因為一個誤會，而失去了自己重要的感情。」

「不管是不是誤會，反正都已經是過去式了。而且不管怎麼樣，我都已經確確實實地失去了我的愛情……」我有一種想哭的感覺，但在李治擎面前，我不想讓眼眶裡的淚水掉下。

「韓梓青，」他看著我，輕輕將手放在我的肩上，「想哭就哭吧。」

「不，我沒事。」我又哭又笑，努力擦掉奪眶而出的眼淚，但眼淚就像斷了線的珍珠，根本無法控制。

「有些話，雖然我不想說，但還是應該要告訴妳。」

「什麼？」

「關於妳和他之間，」他停頓了幾秒，厚實的胸膛一起一伏。「如果妳還在意他的話，就應該要把當初的事情問個清楚。不管結果是不是相同，但至少知道事實……不會有遺憾。」

我抬起頭，看著他那張距離我好近的臉，臉上認真的表情裡好像夾雜了一點點的苦澀。

回到住處，因為瓊玉和莉雅都還沒回來，所以窩在沙發上的我又開始胡思亂想，愈想眼淚就又愈不受控制地往下掉。

韓梓青，妳怎麼了？是因為遇見雷又均，想起了從前的點點滴滴，才忍不住掉眼淚嗎？還是因為李治擎說的話而受了感動？

不過經李治擎這麼一提，我不禁懷疑，難道當初真的是我誤會了雷又均嗎？不可能，這一定不是誤會，因為珉瑜沒有道理欺騙我，而雷又均又提不出理由解釋他的突然失聯，我怎麼可能誤會他？

但冷靜想想，我發現自己其實也認同李治擎說的，當初因為缺乏勇氣，所以才沒有追根究底……我害怕親耳聽到雷又均承認他劈腿的事實。

我嘆了一口氣，忍不住回憶起今天與雷又均相遇的情景。不由得責怪自己！韓梓青，不久之前，妳才信誓旦旦地在莉雅和瓊玉的面前，說自己已經走出上一段感情了，但為什麼此刻又生出猶豫和疑惑？難道，那個男孩，其實從來沒有離開過妳心底？

不！一定是因為曾經很在意、很在乎的那個人再次出現，所以我難免情緒上受到影響，絕不是因為我還念念不忘的緣故。

我給自己下了一個確切的結論。

正想著，手機鈴聲忽然響起，我連忙從背包裡取出手機。是李治擎。

「喂……」

「嗨，我已經開始寫我的報告了，」電話那頭傳來他輕快的聲音，「妳呢，在做什麼？」

「噢，在想事情。」

「打擾妳了嗎？抱歉了。」

「不會啊！」我坐起身，「還好你打來，不然我再多想一會兒的話，有可能就睡著了。還有很多作業要準備呢！」

「妳的室友們還沒回去嗎？」

「還沒，她們兩個人都約會去了。」

「看，妳再不快點接受我的話，遲早變成孤單老人！」

我笑了笑，「謝謝你的提醒。報告進展得怎麼樣了呢？」

「大概再兩個小時就搞定了。」

「真厲害耶你。」

「還好，只是不想花太多時間在這個通識報告上面而已。好了，妳趕快忙妳的去吧，記得早點休息。」

我們互道晚安，正要掛斷電話，我突然又將手機貼近耳朵，「李治擎？」

「怎麼了？」話筒傳來的，依然是他輕快開朗的聲音。

我遲疑了一下，慢慢地說：「……只是想要告訴你，謝謝，我心情好多了。」

「那就好了，我放心啦！」

雖然什麼都沒說，但我知道，他是因為擔心我，才故意打電話給我的。

耶誕舞會的籌備工作即將展開，第一次會議召集了兩校的重要幹部以及主要工作人員。因為人數多達五十多人，所以會長特地借了階梯教室當會場。

我和瓊玉踏進教室，選了角落的位置，趁著開會前的空檔，翻閱上個星期發給相關工作人員的活動手冊。

先前因為忙碌，所以我沒時間仔細看，但一翻開才發現，這次的手冊內容比上一屆詳細很多，關於工作說明及活動內容的安排，也遠比上一屆的來得更精采有趣。

「看來這次是玩真的！」瓊玉臉上有著藏不住的興奮。「希望這次活動能辦好，不只是有助於明年的活動，而且將來出社會，有相關活動的工作經驗，都可以在履歷上寫上一筆。」

「是啊。」

「而且妳看！」瓊玉翻開手冊，指著工作人員組織圖的頁面，「妳看，這次不只是我們活動組的人員編制很多，就連你們的美宣組也分成A、B兩組，人員配置也不少。」

確實就像瓊玉所說，可能因為今年參與的工作人員很踴躍，所以編組安排上人數增多。以往人力缺乏的活動組以及美宣組，這次看來編制很完整，人手相當充裕，如果大家都能認真做事的話，活動籌備顯然不成問題。

「哈囉！」小凡從後方湊了過來，「妳們在聊什麼？」

「是小凡啊！」我笑了笑，「我們在看這次的工作手冊，發現活動組和美宣組的人員很充裕，不像去年那樣缺乏人手，忙得大家焦頭爛額，得沒日沒夜地趕工。」

「對啊，這次工作人員的報名確實很踴躍。」

瓊玉一臉困惑，「該不會擠進一堆為了要拿服務時數，跑來充場面的學弟妹吧？那最糟糕了，這種人都不認真的，只想混水摸魚，拿時數交差了事。」

小凡哈哈一笑。「我想，有一些人可能是為了拿服務學習時數來的啦！但聽說這次的活動人員招募不同於以往，打出了俊男美女牌。」

「什麼意思？」

挪動了身子，小凡往前湊近了一些，用幾乎只有我們三個人能聽得見的音量說：「這次活動的總召輪到隔壁校派人擔任。在開籌備會議之前，人家就來我們學校開過好幾次幹部會議……喂，妳們知道有多誇張嗎？」

我面露不解，瓊玉倒是配合的說了句「不知道」。

「聽說原本工作人員的招募其實不太順利，但自從對方總召現身之後，報名就變得超級踴躍。才半天時間，就已經達到活動需求的人數，而且還有超過三十人的候補名單！」

「真誇張。」我皺眉，有點不敢置信。「所以這次總召是男生還是女生？」

「男的。」

「妳有看過他？」瓊玉好奇地問。

小凡得意地說：「有呀，有一次幹部開會的時候，我去辦公室拿資料，瞄到他一眼。」

「很帥嗎？」說到帥哥，瓊玉一雙眼睛都亮了起來。

「帥！我立刻明白為什麼招募人數爆表的原因。」

「但身為總召，不能只有長得帥的優點，還得要會做事吧？」我不以為然地說。俊男美女確實人人都喜歡，和帥哥一起共事，也能提振工作精神，但是相較於一個虛有其表卻沒有兩把刷子的總召，我倒寧願要一個其貌不揚，但做事、領導一把罩的總召比較實在。

「這妳放心，聽說人家總召有豐富的活動籌辦經驗，而且他和我們今年派出的副總召燕燕學姊一樣，非常注重效率。」

「那就好。」說完八卦，我瞄了一眼講台上的時鐘，「奇怪，雖然來了不少人，但開會時間都過了，怎麼還沒看到燕燕學姊和其他學長姊進來啊？」

「對耶！」瓊玉也張望四周，「而且妳們有沒有發現，今天開會的狀況好奇怪，這些人都很陌生，我一個都不認識。」

「我也是，好像從來沒見過一樣……」小凡也是一臉困惑。

她的話還沒說完，瓊玉的手機便響了起來。接電話的瓊玉壓低音量說話，說著說著，眉頭忽然緊皺，滿口抱歉地掛了電話，尷尬地望著我和小凡。

「喂，妳們都沒有發現喔？是我們走錯教室了啦！」

「對不起！」我們三個小聲地跟學長姊道歉之後，趕緊找位置坐下。才坐下，連工作手冊都還沒翻開，台上就有人開始講話。很顯然，現在的狀況是所有人都到齊了，只等我們三個到場，就開始今天的工作會議。

「各位夥伴大家好，我是本屆活動的總召雷又均，希望今年舞會的執行工作……」

才從包包中拿出筆來，聽見台上熟悉的聲音以及那熟悉的名字，我不由得嚇了一跳，一不小心把筆掉在地上。我趁亂把筆撿起，坐直身子，裝作若無其事的樣子四處顧盼，藉此確認台上的人是我熟知的雷又均。

但說確認根本是多餘的，因為光憑聲音，我就能判斷台上那個人就是雷又均沒有錯。

看著開場介紹後，一一介紹本次舞會籌備團隊成員姓名的雷又均，透過麥克風，他講話的聲音比平常更具磁性，神情很認真，帶著禮貌的微笑，儀態瀟灑，展現出一股讓人專注聆聽的特質。

看著他穩健的台風，讓我想起高中時他曾擔任某次歌唱比賽的主持人，被大家拱著在台上唱完了一首歌，結果他唱得非常好，讓現場許多少女心蕩漾得大喊「安可」。

比賽結束後，有個星探遞了一張名片給雷又均，告訴他如果有興趣往演藝圈發展，可以隨時聯絡。

遙望台上的雷又均，我忽然覺得，以前身為他的死黨和女友的時候，好像不曾覺得他有這麼吸引人的獨特魅力，只知道他有張好看的帥臉，身材高高瘦瘦的，很不錯。然而脫離了女友的這層關係，以客觀的角度，重新審視台上的他，才發現原來他是那種在不經意間，就將旁人目光聚集在自己身上的男孩，甚至他只要站在台上，即使什麼也不說，就能輕易地抓住眾人的目光。

「發什麼呆啊！」忽然瓊玉用手肘輕輕撞了我一下，緊張地喊我的名字，「梓青！」

「唔？」

「點到妳了啦！」

「點到我？」

我一下子清醒過來，這才發現教室裡一片安靜，所有人的目光都隨著雷又均的視線，落在我身上。

瓊玉尷尬地用氣音提醒我，「發什麼愣啊，快點站起來向大家打招呼，說妳是什麼組別的、叫什麼名字……」

我難為情地站起來，向其他人點點頭。「大家好，我是美宣組的，我叫韓梓青。」

因為作賊心虛，我根本不敢往台上的方向看去，直到其他人拍手給我掌聲後，趁著坐下的空檔，我偷偷地瞄了前台一眼。但雷又均不再看我，只是對著手上的工作名單，繼續介紹下一位工作人員。

雖然個別介紹頗花時間，但這也是為了讓工作人員有夠相互認識的機會。直到介紹完畢，雷又均走到講台前，利用投影片開始逐頁講解手冊的內容。

他先是帶領大家理解手冊的編排方式，然後打開工作人員執掌表，「這一頁，主要是人員組織圖，夥伴們可以透過表格，確認同組的成員。手冊的後面，有每位夥伴的通訊資料，另外……」

聽著他的介紹，我翻到工作手冊的最後面，按照組別，密密麻麻的表列每位工作成員的電子聯絡信箱、手機號碼及通訊軟體帳號，內容整理得相當詳盡。

我的目光不自覺地停在表格的最上方，第一欄寫了「總召」職稱的表格中，填著雷又均的名字和相關資訊。我意外發現，他的電話號碼還是我熟悉的那一支，而他的電子郵件信箱帳號也仍是當初我們一起註冊的「lei520han」。

當我看見那象徵著「雷愛韓」的信箱帳號時，我的心跳得好快，我忍不住朝台上的雷又均看去，而他依然認真地說明著手冊的內容。

「請大家翻到手冊的第七頁……」

瓊玉好心替我把手冊翻到第七頁。「別再恍神了，梓青。妳是想睡覺？還是被帥氣總召的魅力震懾了，怎麼一直在發呆？」

我輕哼了一聲，「想太多。」

「……各位夥伴，請大家大聲把第七頁內容唸出來。」雷又均在台上發號施令。

教室裡，響起一片整齊的誦讀聲。「各位親愛的夥伴大家好，請在看到這一頁的訊息之後，盡快到我們的臉書社團按讚，關注隨時更新的訊息，以便掌握開會及團隊的最新資訊。提醒大家，為了測試夥伴們是否在拿到手冊時就大致翻閱內容，所以第一次大會將透過臉書社團，通知變動開會地點。沒能找到開會地點的夥伴們，請務必加入臉書社團，隨時關注訊息……」

「這樣大家都明白了嗎？等一下散會後，宣傳組會把大家一起加入通訊軟體的群組中。往後有什麼重要的訊息，隨時用群組傳達。」雷又均在台上補充，「另外，大家在讀完之後就會明白，今天不是臨時更換開會的教室，而是測試大家是否關注了臉書社團。不過，只有三個人走到原先公布的教室，可見其他人領取手冊之後，都有瀏覽內容並掌握社群消息，非常好。至於剛剛遲到的三位同學，會後我們將有一些小小的懲罰，請妳們協助整理教室，並且把借用的投影機、麥克風等機器歸還，另外還要請妳們負責邀請卡的黏貼與整理，謝謝。」

台上的雷又均說完話，底下立刻傳來了一陣竊竊私語。從其他人的表情看來，大家似乎都很慶幸自己有提早注意到。

「什麼嘛！用這樣的方式測試我們，也太過分了。」我不由得暗自生氣。

望著台上的雷又均，他也正往我們的方向看過來。看著他一臉冷酷的模樣，我心裡湧起一股火大的感覺，忍不住舉起了手，但手還沒舉直，就被一旁的瓊玉緊緊扯住。

「妳想幹嘛？」瓊玉緊抓住我的手，要我安分點。

「我覺得他這樣測試人也太過分了。」

「沒關係啦，反正無傷大雅！」

我瞪視瓊玉，「什麼無傷大雅，我覺得……」

「請問那邊的夥伴，有什麼問題嗎？」

因為雷又均拋出的問題，眾人朝著我們的方向看了過來。瓊玉和我拉扯、僵持不下的動作，因此暫時定格。

「沒事啦！沒事……」瓊玉揮著右手，一臉尷尬又難為情的笑容。

「韓梓青同學，請問妳有什麼想說的嗎？」雷又均故意拋出問句，把目標直指向我。

當我看見他那種要笑不笑的模樣時，心裡再也忍不住，不顧瓊玉的阻止，站了起來。

「總召，不管是手冊上寫的或是你剛剛講的，我都很認同。因為使用通訊軟體的群組傳達訊息，確實能達到所謂的效率溝通。」停頓了幾秒，無視於旁人投射過來的目光，我吸了一大口氣，勇敢地說：「而留下來整理教室、還器材，或是幫忙黏貼邀請卡等工作，我都很樂意幫忙，因為工作本來就該是互相幫助完成的。但如果說這是一種『懲罰』，我覺得這不太恰當。」

「梓青！」不只是瓊玉，連小凡都偷偷拉扯了我的衣角。

「還有什麼想說的嗎？」

不理會其他人的目光，我直視面無表情的雷又均。「沒有了。」

雷又均點點頭，徵詢了負總召的意見後，拿起麥克風說：「韓梓青同學，這只是個小測試……我說直白一點，如果真的在意這個活動，拿到手冊的同時，應該會把內容大致瀏覽一遍。至於我剛剛說『懲罰』，只是一時口快，希望妳和其他兩位夥伴別放在心上。但是未來不管哪個夥伴都一樣，隨時注意通知，用最短的時間，有效率地完成任務，別逞口舌之快。好了，如果沒有別的問題，這個話題就到此為止，否則只會耽誤大家的時間。請大家繼續往下看……」

如果真的在意這個活動，拿到手冊的同時，應該會把內容大致瀏覽一遍……

你知道我為了這個活動，事先著手進行了幾個報告嗎？

瞪著神情冷淡的雷又均，我心中的怒火因為他的言語而愈燒愈烈。

會議進行了大約一個半小時，最後終於結束。

當然，依照總召給我們三人安排的「懲罰」，我們必須等其他人離開教室後，幫忙收拾今天所借用的投影器材與筆電，還要跟企畫組的成員們一起處理厚厚的邀請卡。

今天的工作內容是要把一千張邀請卡一一摺好，黏貼上活動的主題貼紙，再將邀請卡放進淡黃色的信封，封口後，把收件資料一一貼上。

這些工作其實並不複雜，幾個人做起來綽綽有餘，而且過程很輕鬆，花不了多少時間，平常就算要我義務幫忙也沒有關係，但是因為有了剛才和雷又均爭執的小插曲，心裡一股怨氣的我做起來就是覺得不開心。

「大家動作好快，」熟悉的聲音從耳畔響起，雷又均走到大家面前，拉了一張椅子過來坐在我的右前方，「我也來幫忙。」

「學長，不用啦，我們很快就弄好了。」一個嬌滴滴的學妹笑著阻止。

「一起做，速度比較快。」雷又均也跟著忙了起來。

要不是覺得如果突然起身離開，會讓場面氣氛有點僵，要不然我真的很想拿著我負責的這部分邀請卡，移到其他地方去工作。於是我加快了作業的速度，想快快結束這一切，趕緊離開。

而雷又均的加入，引得同桌學妹相當興奮，她們一邊忙著手上的工作，一邊還不忘與他聊天。但因為先前和雷又均的不快，使得我現在對於他非常反感，尤其看到他幽默、談笑風生的樣子，逗得幾位學妹花枝亂顫地笑個不停，就讓我想起剛剛和他爭論時，他表現出來的冷淡態度，心中怨氣愈來愈重。

「梓青和瓊玉！」燕燕學姊在另一頭喊，「再十分鐘器材室就要關門了，請妳們先把這些器材拿去歸還吧。」

「喔，好。」我笑著回應學姊，將邀請卡放進信封後站起身來。

在起身的同時，我的心情非常愉快。老天爺一定聽見了我想要遠離雷又均的心聲，所以才讓燕燕學姊叫我和瓊玉去歸還器材。但是當我既慶幸又感激老天爺的同時，卻又聽見了雷又均的聲音。

「我也一起去，順便確認之後需要借用的器材清單。」他對燕燕學姊說。

一瞬間，我就像是顆洩了氣的氣球。想到不管走到哪裡都甩不開雷又均這傢伙，心情極為鬱悶。

提著兩台筆電，我和瓊玉、雷又均三人一起走出教室，前往位於另一棟大樓的器材室。一路上，三個人都沒有開口說話，好像籠罩在沉默的低氣壓底下。雷又均在前面走著，而我和瓊玉則靜靜跟在他的後面。

我想他應該跟我一樣不想開口，至於瓊玉……以我對她的了解，要不是雷又均在場，她一定會趁機大罵我為何不顧阻攔，衝動地舉手發言，還在大家面前和總召針鋒相對！

「哎唷！」因為胡思亂想，沒注意看前面，我沒留意雷又均停下了腳步，狠狠撞上了他。肩上的筆電背帶順勢滑落，我眼明手快地抓住了，但卻因為動作太猛，手上提著的筆電差點掉在地上……

「小心一點！」他轉過身，很快接過差點落地的筆電包，又俐落地搶過了原本負在我肩上的另一台。

「梓青，小心一點啦！」瓊玉著急地叮嚀著。她雙手都是東西，實在沒有空的手能幫我。

「我來就好，妳拿好自己手上的東西。」雷又均指揮瓊玉，然後拿起兩台筆電。「這兩台都給我！」

「不用！」我急著伸手去搶。「我可以。」

「我拿。我可不想活動還沒開始，就必須賠償無謂的維修費用。」

「雷又均，」我不高興地看著他，「我又不是故意的。」

「我當然知道妳不是故意的，但冒冒失失，就是不應該。」

「誰說我冒冒失失？是誰走在前頭突然停下腳步的？要不是你突然停下來，我也不會撞上你，然後……」

「然後害得妳一時沒提好，對嗎？」他看著我，無奈地嘆了一口氣，「為什麼妳總喜歡把責任或過錯推到別人身上？」

「什麼叫做『總喜歡』？」我納悶又生氣地看著他，「我到底怎樣『總喜歡』了？」

他深吸了一口氣，克制了一下。「我不想在妳好朋友面前跟妳吵，我拿就是了，別再囉嗦。」

「我們不能先回去嗎？」輕輕靠在二樓走廊的欄杆前，我問身旁的瓊玉。

「總召跟我們是一起來的，妳好意思拋下他先走嗎？」

「反正他又不是不認識路。」我看著站在器材室門邊，與行政人員確認清單的雷又均的背影。

「算了，就等他一下嘛！」瓊玉搖搖我的手。

「好吧。」

「梓青，妳今天怎麼回事？我原以為今天妳的發言，只是單純因為被『懲罰』這兩個字惹毛了不高興，但現在看起來，好像不是這麼一回事……」瓊玉偷瞄了雷又均的方向，壓低音量問。

「沒什麼啦！」我想起剛才在教室裡，針對於我的發言，雷又均那副敷衍回應的樣子，「我真的只是覺得用這種方式測試夥伴很不應該。還有，這算什麼小測試？如果因為我們沒有注意到那一頁，就判斷我們不重視舞會籌備工作，未免也太以偏概全了。」

「可是，事實上……我們拿到手冊之後，確實沒有翻閱啊。」

「那是因為我們忙。」

瓊玉勸我，「唉，算了啦。這種事情探究起來，只會愈想愈氣。我們沒有先瀏覽手冊內容是事實，算了，別再想了。」

「這件事情就別再說了，只是妳不覺得，他在台上講什麼『別逞口舌之快』，什麼『只會耽誤大家的時間』……聽起來意有所指，真的很機車！」

瓊玉苦笑了一下。「乍聽之下是滿機車的沒錯，不過大概因為我們是當事人的關係，所以才會覺得刺耳。但剛剛我聽他說，他不想在妳的好朋友面前爭吵的時候，就突然能了解他在台上為什麼要那麼說了。」

「什麼意思？」

「妳想想，他是團隊總召，處於領導位置的人，在會議中跟基層工作人員，爭論這些幾乎無法判斷誰對誰錯的瑣事，別說沒有風度，場面也很難堪，不是嗎？」

我想了想，也只能點頭。

「而且，我猜，他之所以快速帶過爭論，也是為了給妳台階下。」

「啊？」

「我想他是不想讓大家對妳產生不好的印象或誤解吧。」瓊玉聳聳肩，「妳不覺得，他光是站在台上，底下女同學的眼珠子都快要掉出來了嗎？和他正面槓上，妳覺得，她們會和顏悅色對妳嗎？」

「哪有這麼誇張啊？」我很懷疑。

「妳別忘了，因為他的關係，這次參與籌備的工作人員人數大增，連候補名單都已經額滿了。他的號召力這麼強，那些支持他的人，一定非常討厭與他作對的人。」

我嘆了一口氣，不知道該怎麼回應。雖然我不認同雷又均是為我著想才這麼說，但瓊玉所說，也確實是事實沒有錯……

正當這個時候，雷又均已經從器材室走了出來。

「確認好了嗎？總召？」瓊玉詢問。

他點點頭，給了瓊玉一個好看的笑容，「好了，我們回教室吧。」

回到教室時，其他人已經把千張邀請卡全都處理完畢，企畫組組長把最後一疊邀請卡收齊，準備後續寄出。

「大功告成，謝謝大家。」雷又均笑著，與企畫組組長交談了幾句，「把燈和空調關掉，要鎖教室門了。」

「等一下要不要一起去吃晚餐？」燕燕學姊詢問大家的意見。

「好啊！」幾個學妹異口同聲的說好。

我收拾自己的東西，把工作手冊放進背包裡。

「梓青，妳看那幾個學妹，眼珠子是不是快要掉下來了？」

我瞥了一眼，「嗯……少女心嘛！」

「但也要稍加掩飾吧。」

「哈，人不輕狂枉少女。」我笑了笑，拉上背包的拉鍊。

其實眼前的狀況我早就司空見慣，不但如此，那些學妹的心態與行為，我也能夠完全理解。

俊男美女是人人都欣賞與追求的，只是有的人可能因為是天性害羞、含蓄，或是因為個性的關係，選擇在一旁默默地欣賞，但有些人卻勇敢地把自己的欣賞或喜歡明確表現出來。

說起來，有時我還滿欣賞敢於主動表達的人，因為要我毫不掩飾地表現出崇拜，我辦不到。

「我等等要去約個小會，妳想跟他們去吃晚餐嗎？」

我搖搖頭，「想隨便買個晚餐，早點回去。」

「怎麼不跟大家一起去吃飯？」

「有點累。」我背起背包，「妳今天要去哪裡約會啊？」

「只是喝杯咖啡！」瓊玉露出幸福的微笑，還俏皮地眨了眨眼。

「要是燈光美氣氛佳，別忘了告白喔。」我也眨了眨右眼，故意開她玩笑。

「哈，我會的。」

原本燕燕學姊以及一個英文系的同學極力邀請我一起去吃晚餐，這讓我有些尷尬，幾番掙扎，眼看就要答應的時候，卻因為雷又均拋了一句「她不想去，別勉強她了」的話，讓我把差點要說出口的同意，硬生生地吞了回去。

走出教學大樓，跟在人群最後的我放慢步伐，刻意拉遠和其他人的距離。遠遠地看著他們打打鬧鬧往停車場走去的背影，心底竟然有種落寞的感覺。

走上紅磚道，我坐在距離停車場外的涼椅上，回憶今天的狀況，檢視自己的心情。

韓梓青，妳今天究竟是怎麼了？為什麼會這麼的不開心呢？

我對於走錯教室的事情，是不是反應太大了點？平常的我，應該不會在意這種無聊的小測試吧？我很疑惑，自己是不是真的反應過度？而且揣測如果平時遭遇到這種事，我會不會氣到和其他人發生爭執？

難道我之所以反應如此劇烈，只是因為對方是雷又均的關係嗎？

「如果真是如此，那麼韓梓青，妳就是個無聊的幼稚鬼！」我自言自語地說。

接著，我又想起瓊玉剛剛所說的話。確實，剛開始我覺得雷又均四兩撥千斤的態度很討厭，但平心靜氣地思考，如果他繼續與我做無意義的爭論，於公於私都不太妥當，不但佔用時間，還會讓大家覺得我這個人很難相處。籌備活動必須要人與人之間密切的合作，如果一開始就讓別人對我產生成見，以後的日子我肯定不好過也不好受……

唉，不想了！

我正想起身去停車場牽車，就聽到一個開朗的聲音叫了我的名字。回頭一看，果然是李治擎。

「你怎麼在這？」

「剛下課啊！」李治擎順手遞給我一瓶鋁箔包奶茶。

我點頭道謝。「謝謝噢。」

「妳呢，怎麼一個人在這啊？」

「剛剛跟瓊玉去開耶誕節的舞會籌備會議，好不容易散會，現在要回家。」

「喔，耶誕節還有好幾個月呢，這麼早就開始籌備了？」

「對啊，今年規模比較大，所以提早快一個月進行。」我疲倦地笑著，「不過，聽說很多重要幹部在開學後就開了好幾次會前會。」

「這麼拚？」

「當然，大家都想把活動辦好。」

「這樣你們會累壞的。」

「這是一定的。不過既然參與，能做到最好，是很棒的一件事情。」我伸出食指，「而且照例有記者來採訪，在媒體面前，我們誰也不想丟臉。」

「也對，」李治擎在我身邊坐下，「就像我們球隊，既然投入了時間、投入了精力去練習和準備，每一場比賽都想全力以赴，想得到冠軍。」

「沒錯……就是這樣的信念。」我笑了，喝了一口奶茶。

「瓊玉呢？她怎麼沒和妳一起回家？」

「她約會去了。」

「看吧，早就叫妳快快接受我，避免成為孤單老人。」

「你真的很能隨時隨地行銷自己呀。」我白了他一眼。

「當然囉！說不定哪天講著講著，妳就接受我了也說不定。」

我狠瞪他。

「開玩笑的啦！」他笑了笑，「話說回來，妳是怎麼了？」

對於他突如其來冒出的問題，我一臉疑惑。「什麼怎麼啦？」

「妳看起來很累，或是……心情不好？」

我忍不住苦笑，「李治擎，我很想問你，我一向不喜歡也盡量不把情緒放在臉上，但為什麼在你面前，好像總會被你輕易猜出我的……呃……狀態啊？」

「因為我是真的在意妳，所以妳的喜怒哀樂，我都會很認真的放在心裡。」

「李治擎，別開玩笑了，我是說認真的。」我雙手扠著腰，「還是說，我太容易把負面情緒表露出來了？」

「並沒有。」

「所以，你的意思是說你很強？能猜得出我的情緒？」

「差不多是這個意思。」李治擎聳聳肩，但卻被我揍了一拳。

「你真的很欠揍。」

他裝出一臉苦像，「拜託，我李治擎多少女孩喜歡，但妳卻一直動手毆打我，還說我欠揍，妳到底有沒有眼光啊？」

「我就是沒眼光，所以配不上你這顆夢幻天菜。不過，為了讓你多認識其他女孩，我這幾天就來幫你做個公告，貼在各系所的布告欄，標題叫做……」我想了想，「『校隊夢幻天菜李治擎無條件當妳的一日男友，預購從速』！喔喔，不是預購從速，是報名從速……」

「韓梓青，這招太狠了。」他伸出手想捏我的臉，卻因為我反應夠快，立刻站起來逃開而沒有得逞。

我得意地看著他，下巴揚得高高的，「怎麼樣？我韓梓青高中的時候體育也是很強的，身手是不是比你這棒球校隊要來得更敏捷啊？」

「是這樣嗎？」

他賊賊地笑了，迅速站起身，做了一個想追打我的假動作，嚇得我迅速往後逃跑，但幾秒鐘後才發現，李治擎只是做樣子而已，他根本一直停在原地。

「你太過分了！」

「比起妳的什麼一日男友的公告，我這算是很客氣了。」

「哼，不想理你，我要回去了。」我重重地哼了一聲，轉身往停車場的方向走去。

但當我轉過身來，卻看見雷又均站在距離我們大約二十幾公尺的轉角處，面無表情地看著我和李治擎。

「謝謝你陪我回來，只是好奇怪，你自己有車不騎，偏偏要騎我的車載我回來，再走回學校去騎自己的機車……這樣會不會很浪費時間啊？」

「但是能多陪妳啊。」

「李治擎，你真的很無聊耶！」原本習慣性地舉起手，想捶他一拳，但卻因為想起剛剛被雷又均目睹的情景，我又收回了手。

「哈，良心發現囉，突然捨不得打我了？」

「無聊！」我把安全帽脫下收好。

「韓梓青，我怎麼覺得妳的心情更差了？」

「唔，有嗎？」

「超明顯的好嗎？這完全不用我發揮『愛的超能力』去探測，隨隨便便一個路人看到妳這張苦瓜臉，都知道妳心情不好。」

「大概是因為有點累的緣故吧。」我找了一個藉口。

李治擎收起想逗我笑時一臉笑嘻嘻的樣子，脫掉安全帽，拉著我走到花圃邊，要我和他並肩坐下，認真地看著我，「今天發生了什麼不開心的事了嗎？」

我看著他，然後將目光移向前方，發現對於他的問題，竟不知道該要從何回答起。是的，我是心情不太好沒錯，但是為什麼？導火線當然是那場讓我覺得無聊又多餘的小測試，但除此之外，我還因為什麼說不上來的原因而不開心，可是……到底為什麼呢？

嘆了一口氣，我把今天的一切都說給李治擎聽，還包括了我與雷又均的對話，和瓊玉方才的在器材室外的想法與判斷。

「聽起來，妳和你們總召是針鋒相對了一點。」他認真地思考著說。

「聽他那樣說，我真的非常火大。」我說到「火大」兩個字的時候還刻意加重了語氣。

「但是，我覺得瓊玉說得很有道理。」

我看了他一眼，低頭承認。「唉，後來冷靜想想，我也覺得也許事情真如瓊玉說的那樣，他其實是不想讓我成為其他人的箭靶。」

「既然妳想通了，就好了，不是嗎？如果覺得對不起你們總召的話，有機會就跟他說聲抱歉，但如果妳覺得沒必要，那就算了無妨。」李治擊說：「反正不是什麼大事，不值得妳一直掛在心上。」

「但不知怎麼的，我就是不喜歡那個測試。」我嘟了嘟嘴，「大概是覺得這麼做，違反了夥伴之間的信賴原則。」

「其實事情沒那麼嚴重，而且過了就算了，重要的是把活動辦得圓滿、成功，不是嗎？」

「嗯……」

「剛剛好像有人說，把一個活動做到最棒、最好，是一件很棒的事情……」他帶著溫柔的微笑安慰我，「所以把心思花在這種小事上，未免太浪費時間了。」

「說得也對。」我想了幾秒，和他相視而笑。

「對了，今年的總召是我們學校的人嗎？男生還是女生啊？」

看著他，我噗哧笑出聲來。

「笑什麼？」

「問那麼多幹嘛？」

「我當然得要問清楚呀。我擔心對方是男生，因為活動朝夕相處，近水樓台先得了韓梓青這顆月亮呀！」

「得什麼月啊！」我瞪了他一眼。

「所以是男生嗎？」他裝出在意的模樣。

「對。」

「我們學校的人嗎？」

「不是。」

「不是？」他誇張地摸摸下巴，「噢，至少不是同校，在地緣關係上，我比較佔優勢。」

我不想理會他的無聊。

「那他長得帥嗎？」

我豎起大姆指。「非常帥喔。」

「如果我是一百分，那他呢？」

「自己評價自己是一百分，你會不會太過自信？」我皺皺鼻子。

「快點回答，這很重要。」

「好啦，如果李治擎是一百分的話，我想想看……」我看著李治擎認真的表情，「我們總召應該也是一百分吧！」

「一百分？還有這樣的人在？」

我故意擺出猶豫的姿態，「……你這樣說，我就有點猶豫了，或許我該給他一百二十分？」

「韓梓青，妳很矛盾耶！剛剛明明一副看他不順眼的樣子，現在竟然給他這麼高分。」

「你剛剛問的是帥不帥的評分啊！我已經盡可能客觀了。」我煞有其事。

李治擎不服輸地說：「那人品呢？幽默度呢？順眼度呢？還有……」

「討喜度的話……」故意不理會李治擎的話，我自創新的評分標準，指著他說：「李治擎一百分；他，四十九分。」

「哈！」他滿臉得意，「看來，他真的很討人厭。這樣吧，改天我故意去探班，偷看你們總召到底有多不討喜。」

「你不用探班偷看啦。」

「為什麼？」

「因為你見過他兩次了。」

「見過他兩次？」他停頓了幾秒，但是他在好像有點會意過來的時候，我直接開口說了答案。

「他就是我的前男友，雷又均。」

當瓊玉和莉雅提起我們的帥氣總召時，我才有機會講到我一直無意隱瞞，但卻直到此刻才公布的「祕密」。

當我說出自己和雷又均的淵源時，莉雅和瓊玉不僅異口同聲地大喊「什麼」，就連驚訝的表情都像套好了招一樣。

「這麼重要的事，妳怎麼到現在才講？」瓊玉睜大了眼睛，一方面覺得不可思議，一方面又抱怨我的保密到家。

「對啊，怎麼現在才講啊？」原本盤腿坐在地上的莉雅放下球隊的比賽資料，爬到沙發上看著瓊玉問：「那個雷又均真的很帥嗎？」

只見瓊玉點了點頭，「很帥啊！聽說這次正式工作人員以及候補人員能夠爆滿，都是他的功勞。」

「是喔……」

「給妳看。」瓊玉順手拿了手機，點開臉書，找了幾張雷又均的照片遞給莉雅。

莉雅接過手機瀏覽照片，「真的很好看，難怪！」

「可是，沒想到他就是讓梓青傷透了心的前男友。」

我苦笑了一下，「不只是傷透了心，還有一開始的相見歡……什麼測試嘛，真是惹火我。」

「測試就是測試，其實沒什麼大不了，又不會少一塊肉，而且事情都過了，妳別想太多。」

「聽瓊玉說，那天妳很激動，和他互嗆。瓊玉還說沒想到妳會這麼不高興。」

我嘆了一口氣，「但每次去開會，我都會不由自主地想起我們就是那天走錯教室的人。」

「梓青，別想太多，妳別管企畫組的那群女生怎麼說！她們簡直是總召的親衛隊，凡是跟他有過節的人，她們都看不順眼。」瓊玉哼了一聲。每次提到企畫組的那群人，她就會忍不住激動，主要是因為企畫組屢屢生出各種難題給活動組，而活動組有好幾次的提案，都被企畫組硬生生打槍。

有一次瓊玉提了一個滿有趣又棒的點子，不但遭企畫組反駁，其中一個女組員還當眾很不給面子的質問瓊玉，到底有沒有用腦子去想活動。

莉雅揮了揮手，「好啦，言歸正傳，我問妳喔！那就妳的感覺，雷又均和以前有沒有什麼不一樣？」

「變成熟也變更好看一點了。」雖然無奈，但我還是實話實說。

「這件事情，妳是不是也告訴李治擎啦？」莉雅又問。

「那天正好聊到。」我皺皺眉，「怎麼這麼問？」

「因為經妳這麼一說，我好像有點印象。先前有幾天練球，李治擎頻頻失誤，我們還笑他是不是失戀了。」莉雅笑了笑，「後來私底下和他聊起，他才說他出現強勁的情敵。」

「然後呢？」

「沒有然後了，然後就繼續練球，就這樣。」

「這種八卦，妳竟然到現在才講？」瓊玉打了莉雅的肩膀一下。

「最近好忙，我們一直沒有聊天的機會，所以忘了嘛！」莉雅嘟起了嘴，然後又收起笑著的表情，「梓青，我剛剛其實想問的是……遇見前男友的感覺、看著他的感覺，有改變嗎？」

我搖搖頭，「不知道。我只是覺得他的小測試很機車而已。」

「那你們有沒有復合的可能？」

「我不知道。」我忍不住苦笑。

「好啦，看來是問不出什麼來了。」莉雅打了個大呵欠，「我有點累了，今天到此為止。反正韓梓青同學，以後妳有任何最新消息，不管我們有沒有機會聚在一起聊天，請先在群組說清楚、講明白，別讓身為好姊妹的我們最後一個才知道妳和誰誰誰交往的消息。」

「沒錯！」瓊玉點頭如搗蒜，還敲了我的頭一記。

「我的兩位好姊妹啊，我有說要跟誰交往了嗎？」

「雖然妳沒說，但我嗅到了妳的愛情腳步近了的味道。」莉雅挑挑眉，說得很認真。

「我也感受到了。」瓊玉幫腔。

我雙手合十，「莉雅女神，請問一下，我愛情裡的『他』究竟是何方神聖？」

莉雅聳聳肩，「這要問妳自己囉！」

「問我自己？」

「哎唷，」瓊玉拉著我的手，「反正不管李治擎或是雷又均，都是夢幻天菜啊！無論妳決定和誰交往，都一定要先告訴我們喔。」

我伸出手，不客氣地捏著瓊玉的臉頰，「我看先交男朋友的會是妳，真正交往了也別忘記告訴我們才對。」

在屬於我們三個人的小天地裡，我們像平常一樣在嘻笑打鬧中開心地聊著，這樣的感覺，一直是我最喜歡的。

籌備會議之後，又到了交報告以及期中考的旺季。再加上活動籌備如火如荼地進行，我和莉雅、瓊玉雖然名為「室友」，但其實大部分時間都各自忙碌，幾乎沒有多餘的空閒能一起聊天。最近的我們雖然總是會透過群組，隨時報告近況，但真正能聚在一起的時光卻因為忙碌而減少。

不只是我們三人如此，就連李治擎好像也因為雙主修的課程滿檔以及忙著球隊比賽的特訓，而每天忙得分身乏術。但是不管多麼忙，每天晚上，他都會撥空打一通電話給我，有時候能聊上很久，但也有時候會因為我累了，只是互相問候而已。

至於舞會的籌備部分，在最近三次的全體大會中，大致討論完大事後，緊接著就是各組的小組會議。我原本擔心在活動的籌備期間，常常會發生像第一次開會時和雷又均的針鋒相對場面出現，不過因為小組會議是他和燕燕學姊輪流出席，所以我和他之間幾乎沒有什麼交集。大概就是開會的時候他會現身，等會議結束之後，由美宣組的組長會和他協調溝通，而身為小組員的我則默默收拾東西離開。

而此刻，就是一場小組會議。

我低頭看著桌上的資料，上面寫著「美宣組第六次小組會議」的標題，而會議第三項議題，是關於企畫組分配給美宣組的一個新工作。

原來是最讓瓊玉討厭的企畫組組員又想出了奇怪的點子，希望我們美宣組配合。怪不得今天除了總召雷又均之外，企畫組的組長和三名組員也一起列席了我們美宣組的會議。

「……所以，這全部都要手繪？」美宣組的組長皺著眉問。

「我們覺得這次如果可以用『手繪小卡』傳遞浪漫，對於舞會是很好的宣傳，也特別有意義。」企畫組組長帶著微笑解釋。

雷又均思考了幾秒，轉頭看向美宣組的組長，「美宣組認為呢？」

「手繪小卡的部分對美宣組來說是增加了很大的工作量，因為原本要處理的相關工作已經很多了，不過，為了活動好，如果大家都沒意見的話，我們當然會盡量配合。」

「那就好。」雷又均說：「所以舞會的壓軸，確定是抽出進場時拿到手繪小卡的同學上台囉？」

企畫組組長解釋，「是，象徵搭起友誼的橋樑。」

「預計數量呢？」

「至少一百份。預計抽出男生五十位、女生五十位。」

「手繪稿部分有什麼要求嗎？」美宣組組長拿著筆，將數字紀錄在會議資料上，又問。

只見企畫組的一個女同學搶著說：「我想請這次舞會主視覺圖像的設計者，幫忙設計所有的手繪小卡。」

正低著頭看資料的我抬頭瞄了她一眼，但同時注意到雷又均看著我的眼神，於是趕緊移開目光，假裝審視資料，再看向企畫組，「我？」

「可以嗎？」她眨著過長又不自然的假睫毛，裝出可愛的模樣。

美宣組組長想要幫我說話，「梓青要負責的事情很多，恐怕這部分……」

「但我們都可以協助啊！」那個造作的討厭女打斷了組長的發言，「因為只有梓青能從主視覺發想，設計小卡的圖案，所以這件工作非她莫屬。至於需要著色的地方，大家一起幫忙，就可以完成了。」

我看著眼前這個女同學。我們根本不認識，但沒想到她竟然能把「梓青」這兩個字叫得這麼順口，好像我們很熟一樣。

雷又均衡量情況，「宜謹，因為工作分配的關係，正如美宣組組長說的一樣，梓青要負責的事情很多，就時程上考量，恐怕梓青會趕不及，所以如果她覺得有困難，那我們就想別的配套措施。」

「可是，這是不錯的點子耶！難道總召你不覺得嗎？」那個名叫宜謹的女同學眼巴巴地望著雷又均，想要爭取他的支持。

「點子不錯，但如果說真的要實施這個點子，那麼執行的部分必須由全體工作人員一起分攤，否則不公平。」雷又均堅持。

「總召，我覺得還是請梓青繪製草稿，著色的部分再分派給大家……」她還是很固執，就想把工作推給我。

「一百張的話，我可以。」我打斷了她那嬌滴滴的說話聲。

「韓梓青！」雷又均微皺起眉。

我重申，「一百張的話，我可以手繪輪廓，但是著色的部分就請企畫組幫忙好嗎？」我看著討厭女，「或者我畫圖，請宜瑾妳幫忙著色？」

雷又均翻著資料夾上的資料，停頓了幾秒，「妳知不知道自己所負責的工作項目已經很多了，如果因為負荷過重而沒一樣做得好，會對活動會造成多大影響嗎？」

我看了討厭女驚慌的神情一眼，然後將目光移到雷又均臉上，「總召，我知道，但我絕對可以勝任，只是為避免影響大家的進度，著色的部分就要『麻煩宜瑾』了。」

雷又均冷冷瞥了我一眼，然後看向討厭女，「宜瑾，妳有問題嗎？」

討厭女尷尬地笑了一下，臉上的笑容有點尷尬，「可以，但是請梓青盡快把畫好的繪圖稿給我囉！」

畫圖對我來說不是難事，但上色卻要大費工夫。看著討厭女臉上青一陣紅一陣的樣子，我的心裡有著一點點得意，心想這下妳一個人慢慢上色吧，哼，誰叫妳想踩著別人出頭，活該！

只是，當我差點因為得意而不小心笑出聲來的同時，突然感覺到雷又均的目光中隱含憤怒的情緒，直盯著我看。

開完會走出辦公室的第一件事情，我立刻打了一通電話給瓊玉，把剛剛的情況大概說了一遍。

「梓青，妳怎麼這麼傻？妳真的答應她了？」電話那頭的瓊玉驚訝地問。

「對啊！」我靠著欄杆，看著樓下來來往往的學生。

「妳幹嘛答應這種吃力不討好的差事啊！」瓊玉嘆了一口氣，無奈的聲音從電話那頭傳了過來。

「還好吧！妳當時要是在場，看到她那哭笑不得的模樣，一定會笑死。」

「但也沒必要答應這個差事，一百張耶。」

「是一百張沒錯，但嚴格說起來是五十張，因為最後要玩拼圖遊戲，卡片是剪開的。」

「我知道畫這些東西對妳來說輕而易舉，可是妳的工作量未免也太大了。」

「還好，慢慢畫就是了。」我笑了笑，「好啦！我有分寸的。先掛電話囉。」

「嗯，拜拜。」

結束了通話，看著樓下人來人往的教學大樓廣場。平常開完會，總是匆匆地離開，很少停留此地。我看著廣場上來去的人，突然發現忙碌的自己，似乎很少關心校園裡所發生的一切。

還記得高中的時候，常常和雷又均以及其他死黨站在教室前的陽台往下看，看隔壁班談戀愛的同學、看認識或不認識的同學來去，雖然沒有特別要做什麼，但卻有一種悠閒的感覺。

將手機放進背包，我準備離去，但在轉身的同時，才發現不知道什麼時候，雷又均居然站在我的背後。

「啊！嚇我一跳。」我拍拍胸，因為自己被嚇了一跳的窘境，尷尬地笑了一下。

「妳做了什麼壞事嗎？」

「當然沒有。」

「還是想起自己做了什麼蠢事？」

「什麼意思？」

「不是連妳的好朋友瓊玉都覺得妳太傻嗎？」

看著他的表情，我突然會過意來，「雷又均，你幹嘛偷聽我講電話？」

他聳聳肩，態度很冷，「我只是走出教室的時候恰巧聽見而已，是妳說話的音量太大了。」

「偷聽就是偷聽。」我不甘示弱地哼了一聲，「而且，你剛剛說什麼蠢事不蠢事的？」

「手繪小卡的蠢事。」

「那一點都不蠢，好嗎？」

「只因為意氣用事，就答應她的提議，還不蠢嗎？」雷又均揚著眉，臉上沒什麼表情地看著我。

「不管蠢不蠢都與你無關。」

「是與我無關，但我就是看不慣有人笨成這個樣子。」雷又均看著我，「就算妳這樣做有點小小的快感，也讓挖坑給妳跳的宜瑾一起承擔工作，但妳自己呢？妳不也是要多花時間做這些多出來的工作嗎？」

我看著說得好認真的他，「是要多花時間沒錯。」

「所以說妳蠢。」

「但我覺得能讓原本以為整到別人的人跟著一起落水，是一件很有趣的事。」我很堅持。

「有趣的代價就是事情多到做不完，然後人累壞了，結果什麼事情都做不好。」

我看著表情變嚴肅的雷又均，「我不會搞砸的。」

「我不管妳是不是能把這些事情做好，但為什麼剛剛我提議大家一起完成的時候，妳不順勢點頭答應？」

「所以說來說去，你是覺得我不應該挑戰總召的權威嗎？」

「為什麼妳這麼容易畫錯重點？」

「雷又均，『這麼容易』是不是就是你上次說的『總喜歡』？」我看著他，想起先前去器材室的路上所發生的事。

「韓梓青。」他撇過臉，吸了一大口氣之後，停頓了幾秒又看著我，「為什麼在我面前，妳就非得像個刺蝟一樣？」

我沒有回答，但在心裡默唸了「刺蝟」兩個字。

「我不是覺得妳挑戰我的權威，更不是擔心妳把舞會籌備搞砸……」

「不然呢？只是單純看我不順眼，看到我就是想要罵我嗎？」

「韓梓青，」他往前走了一步，距離我更近了些，低著頭看著我，「我確實很想好好地罵妳，不管是與妳重逢之前或是之後，只是……」

我抬頭看著他，在這樣近距離裡，看著他說話時的認真表情，之前剛遇見他時的複雜情緒，好像一下子又湧上心頭。

尤其當我抬頭看見和他那熟悉的眼神時，竟然生出一股想哭的衝動，只是此刻的我告訴自己，趁著眼淚還沒滴下來，我要盡量克制這一切。

「只是什麼……」

「總召，還有一件事情想請教你。」討厭女從辦公室走了出來，打斷了我和雷又均之間的交談。

「喔，等我一下。」雷又均沒有回頭，像剛剛一樣注視著我。

「你去忙吧。」我咬著下唇，然後聳聳肩，正想轉身的時候，雷又均卻拉住了我的手臂，「嗯？」

「我說，等我。」

「雷又均？」

「在這裡，等我討論完。」轉身走進辦公室之前，他冷冷地拋下了一句話。

雷又均莫名其妙地要我在辦公室前等他，而更莫名其妙的是，我竟然乖乖地聽他的話，傻傻地站在欄杆前等待。

我將下巴輕輕地靠在欄杆上，一樣將目光往下看。因為漸漸飄雨的關係，來來往往的同學已經變少，還有幾朵不同顏色的傘，像移動的花朵。

轉頭往辦公室看去，燈仍是亮著的。我不知道為什麼雷又均要叫我等他，也不知道為什麼和他好靠近的那一瞬間，自己會覺得雷又均好像變回從前的那個他？這是我的錯覺嗎？

我背靠著欄杆往辦公室裡看，透過窗戶，看見他正在和討厭女以及企畫組成員認真討論的側臉，然後我發現，原來他認真的樣子真的很迷人。

我看著他，他也正巧往外面看來，像以前一樣地對我比了個「一」的手勢，表示再給他一分鐘。

果然不一會兒他就背著背包走了出來，「走吧。」

「嗯？」

「跟我走。」

「喔。」納悶地點點頭，我乖乖地走在他的後面，但是還沒走出教學大樓的門口，他就拉了我一把，讓我和他並肩走著，走到學校的停車場。

「妳戴我的安全帽吧。」他站在一台機車前，打開了機車置物箱，拿了一頂安全帽放在我頭上，然後伸手幫我扣上安全帽帶，接著再取出另一頂自己戴上。

「這頂安全帽是……」我猶豫了幾秒，沒有把話說完。

他發動機車引擎。「妳說什麼？」

「沒說什麼。」我苦笑，不想多問。

但是當我不打算說出口的時候，他又開了口，「這不是我女朋友的安全帽。前幾天我載同學的時候，他忘了拿走。」

「喔……」

「上車吧。」

我坐上機車，將手放在自己的腿上，但他只是緩緩地催油門，我就因為沒坐穩的關係而晃動。

他趕緊煞車停下，將我的手放在腰間，「抓著我吧。」

「喔，好，」我簡短地回答了他，「雷又均，我們要去哪裡？」

「先去買手繪小卡的卡紙，再去吃飯，然後再帶妳去一個地方。」

「什麼地方？」

「一個關於『開始』的地方。」

「哪裡？」

「等等妳就知道了，抓好，出發囉！」

「到了。」雷又均停下機車，貼心地將機車微傾以方便我下車，接過我的安全帽，掛在後視鏡上。

「這是你們學校？」

「嗯。」

「所以這就是你說的……關於開始的地方？」我好奇地問，猜不透為什麼雷又均的學校會是他口中的「開始的地方」。

其實一路上，坐在後座的我一直猜想什麼是「開始的地方」，也有幾次忍不住地問他，但他只是笑笑的，什麼也沒說。

走出停車場，我和雷又均並肩走著，好奇地觀看四周。

「妳來過嗎？」

「來過一次，大一時候的聯誼。」

他看了我一眼，還假裝皺了皺眉，「哪個系的？」

「幹嘛用那奇怪的表情？」我哼了聲，「我和誰聯誼是我的自由。」

「我什麼也沒說。」

「我也沒別的意思。」我聳聳肩。

「來，跟我走。」

我和他走沒多久，走進離停車場不遠的一棟大樓。

「這是我們系上最常上課的一棟大樓。」

我抬頭看著這座磚紅色的建築，上面寫著大大的「理學院」三個字，又跟著他走進二樓的某一間教室。

「這間教室是？」

「這裡，是我們開班會的地方，也是學生會找我擔任活動總召的地方。」他帶著微笑，走到第一排最後一個座位，「當時的我就趴在這裡睡覺，上一屆的會長，也是我們系上的學長和幾個學姊走到我面前。」

「你有沒有嚇到？是不是以為自己得罪了誰？」

「妳覺得人緣這麼好的我，有可能會得罪誰嗎？」

「雷又均，你真的很愛吹捧自己。」我皺皺鼻子，「所以後來你就答應了？」

「幾次之後，才答應。」

「為什麼？」

「因為我看了當時主要工作人員名單，名單上有妳的名字。」

原以為這是玩笑話，但我看見的卻是他認真的表情，「是這樣嗎……」

「但第一次開會的時候，我發現，妳看見我的眼神，並不是很開心。」

我噗哧笑了，「你沒看錯。」

「走！」

「還要去哪裡？」因為被他拉著，我不得不跟隨著，直到走到同一棟建築的頂樓，「這裡？」

「嗯。」他放開了我的手。

「頂樓平常可以隨便上來的嗎？」

「所以這是祕密基地。」

「祕密基地……像高中時候的四樓小陽台一樣嗎？」

「對。」他笑了，然後拉著我往圍牆邊走去，「妳看！」

順著他指引的方向，我看見了一片好美、好美的夜景，就像是一塊漆黑的布點綴了閃閃發光的鑽石一樣，「好漂亮喔……」

「記得高中的時候，我說上了大學我們一定要一起去看流星雨、一起去看美麗的夜景，一起去做很多很多的事情……」他看著遠方，「只可惜，我們說好的『一定要』，全都結束在高三那年。」

「雷又均……」望著他的側臉，因為他的話，讓我想起當初他要出國時，我們抱在一起哭的情景。

「如果現在我說，我又必須要離開，妳還會像從前一樣緊緊抱著我哭嗎？」

我沒有回答。

他笑了一下，「知道為什麼我要帶妳來我們學校，還有這裡嗎？」

我搖搖頭。

「因為這所學校，是我從英國回來後重新開始的地方，所以我希望讓這片美麗的夜景見證我們兩個人的開始。」

我困惑，「我們兩個人的開始？」

「韓梓青，妳願意讓我再一次成為妳的男朋友嗎？」

那一瞬間，我以為自己又做了個不切實際的夢，但是當我輕輕握了握雷又均溫暖的大手時，才發現原來這驚奇又甜到不行的劇情，竟然是真的。

在美麗夜景的陪伴下，我看著這個曾經失去的男孩，即使已經知道眼前的一切都是事實，但我對於他所說的每個字，卻依然有種不敢置信的感覺。

妳願意讓我再一次成為妳的男朋友嗎？

我是不是聽錯了什麼？

「雷又均……」

「妳沒有聽錯，我希望能夠再次成為妳，韓梓青的男朋友。」也許看出了我臉上的疑惑，他又說了一次。

抬頭看著他那雙好看的眼睛，我沒想到，他的話還是能刺激得我心跳加速。我吞了吞口水，一時之間不知道該做出什麼反應，將雙手緊緊地交握，目光看向前方，什麼也沒說。

但在幾秒前，讓我覺得美得不像話的夜景，突然間好像不再吸引我了。

「太突然了嗎？」

我深深吐氣和吸氣，穩定了情緒，臉上露出笑容。「這是玩笑嗎？以報復我對總召不禮貌的行徑？」

他看了我一眼，「妳知道我很認真。」

我也知道，以前的他確實不會拿喜歡不喜歡這樣的事情來開玩笑，「可是，那個……你女友呢？」

「妳是說珉瑜告訴妳，我移情別戀的那個女友？如果我說，根本沒有妳或珉瑜口中的『女朋友』存在呢？」

「怎麼可能！」我微微提高了音調，但看著他嚴肅的表情，我頓時想起李治擎說過一切有可能是誤會或是謊言。

他苦笑了一下，「如果當初，不管妳相不相信珉瑜，但至少妳願意像現在這樣驚訝地拋出『怎麼可能』來問我，我們是不是就不會走到後來分手的地步？」

「雷又均，你這話是什麼意思？」他的話，讓嗅出了不對勁的我心跳更快，交握的雙手微微顫抖著。

「就像我先前說的，根本沒有什麼其他的『女朋友』。」

「是嗎？」我的心漏跳了一拍。

「是，我從來就沒有和其他人交往。」

我不相信，「可是，為什麼這麼巧？就在珉瑜告訴我的那一陣子，你突然失去了聯繫？」

「當時我出了一場小車禍，住院了。我怕妳會為我擔心，所以什麼都沒講，一直瞞著妳。」

「為什麼？但你大可以告訴我的呀！」我小聲地說著，近乎自言自語。

「如果當初，妳問我『怎麼可能』，」他苦澀地笑了，「然後問我為什麼好一陣子沒有跟妳連絡，把事情弄清楚，我會說的……」

我想，原來真的是這樣，一切都被李治擎說中了。

我看著臉上滿是苦澀表情的他，不知道自己該說些什麼，深吸了一大口氣想要鎮定心神，卻怎樣也無法控制住自己的心情，眼淚在眼眶裡打轉，最後不受控制地掉了下來。

「我以為……」我吸吸鼻子，卻因為哽咽的關係，沒辦法把話說完。

「當初，妳怎麼不問清楚？」他伸出手，用修長的手指擦掉我臉頰上的淚水，以心疼的目光看著我。「寧可相信別人，也不願意相信我們的愛情！」

「對不起。」

因為他往前靠近，我隱約能夠感受到他的鼻息，他臉上帶著溫柔的微笑，注視著我，慢慢靠近我的唇。

「對不起……」我咬著下唇，竟然下意識地迴避了他的吻。

他目光中瞬間出現了洞察一切的明瞭之色，溫柔地笑了一下，微微抬頭，輕輕吻上我的額頭。「韓梓青，我原本以為一切都來得及，想請妳認真考慮我的表白……但看起來，原本贏在起跑點的我，最後卻輸了。」

他苦澀地笑了笑，輕輕拍了拍我的額頭，「雖然還是很喜歡妳，但我知道了，不管之前我們是不是因為誤會而分手的，但現在的我們，已經不再是那時的我們了。」

聞言，想起過去，我再也忍不住低頭哭了起來。

「晚安。」

「晚安，」停好了機車，我看著體貼陪我回學校騎車，又一路跟在後面，護送我回家的雷祐均，「謝謝你陪我回來。」

「不客氣。」說完，他忽然一笑。

「怎麼了？」

他聳聳肩，「沒什麼，只是沒想到，我們之間會變得這麼客氣。」

我聽懂了他話中的意思，但沒有正面回答。「……總之，謝謝你。」

「記不記得，從前放學之後，我都這樣陪妳回家。」

我點點頭，「當然。記得有一次隔壁的曾阿姨還跑去跟我爸媽告狀，說我交了男朋友，會影響課業，考不到好學校之類的……」

「哈，這我也還記得！」他想了想，然後笑了出來，「記得那時候妳跟我講前半段的時候，我緊張死了。結果沒想到叔叔阿姨竟然回答她，說高中提早修戀愛學分是一件很棒的事情。」

「是啊，我爸媽很妙吧！」

雷又均笑彎眼睛，「對，他們超妙的。對了……那叔叔阿姨他們都好嗎？」

「他們很好啊！」我笑著，「他們還是老樣子，工作忙碌之餘，也不忘利用休假的機會到處出遊，不斷地鼓勵我和弟弟談戀愛。」

「這樣很棒，享受生活。」

我一面笑著一面看著眼前的他，從沒想過自己和雷又均竟然能有這樣的機會，像老朋友一樣的聊天。一瞬間，我突然覺得，像這樣相處的雷又均和韓梓青，才是最適合彼此的一種狀態。

「好啦，妳也累了，早點休息。」

「晚安。」

「妳先進去，我再離開。」

「你騎車小心。」

「再見。」雷又均笑著，突然拉了我一把，輕輕擁住了我，在我耳邊輕聲地說：「韓梓青，雖然不捨，但我祝福妳。」

在他懷裡的我，鼻子酸酸的，眼眶熱熱的，「謝謝，我們一起尋找新幸福吧。」

回到住處，客廳暗暗的，看來瓊玉和莉雅都還沒回來。拿下背包的我，躺在軟軟的沙發上，打開電視，停在一個外國電影頻道，然後閉上眼睛，思考今天發生的每一件事，感覺如同置身夢境。

坦白說，將今天的一切比喻成「夢境」並不為過，因為狀況都太出乎我的意料之外。再說我也從沒想過，能有機會和雷又均把一切誤會說清，兩人都能釋懷。我原以為，雷又均還深埋在我心深處，自己始終沒有忘掉和他之間的感情，但今天晚上面對他直接的告白時，我竟然下意識地躲開了他的吻……我這才明白，原來我並不是還愛著他，而是因為對於那段沒能解開的心結，心中感覺遺憾。

而他的再次出現，讓來不及釐清自己感情的我，誤以為對他的喜歡依然存在，一直到我避開了那個吻，我才真正體認到對他的情感已經改變。

想著，我不由得笑了，因為今天晚上，我不僅弄清楚自己對雷又均的感情，也覺得自己總算可以放下這一份懷念，勇敢迎接下一段感情。

閉上眼睛，我正覺得放鬆的時候，莉雅突然開門進來。

「莉雅，妳回來囉！」

「是啊，」莉雅點點頭，「咦，治擎咧？」

「為什麼提起他？」

「他不是在半小時前就說人到了嗎？」

「什麼？」我一頭霧水。

「我請他幫忙買消夜過來啊！」

「他沒有來啊，」我說：「我沒看到人。」

「可是半小時前，他打電話告訴我說他已經到了。當時我分不開身，所以叫他找妳，說妳應該在家。他沒打給妳嗎？」

我坐起身，找出手機，看到有兩通未接來電的訊息，「他確實有打。但很奇怪，我剛剛回來，並沒看到他在門外！」

「我打給他好了。」覺得疑惑的莉雅，從包包裡拿出手機，撥打李治擎的電話，很快地和他講了幾句話之後，便掛了電話。「他等一下會再過來。」

我疑惑地看著莉雅，「所以他剛剛真的在樓下等嗎？」

「對啊！」

「那為什麼我沒見到人？」

「都是因為我們隊上那位一年級的經理，」莉雅搖搖頭，一副無奈的樣子，「她剛出火車站，發現弄丟了車鑰匙，叫李治擎去載她。」

「李治擎人不錯啊，隨傳隨到。」

「但我覺得，那說不定是這個小女生的伎倆，哈哈。」

「什麼意思？」

「大家都知道她在倒追李治擎啊！」

聽完莉雅的話，我的心裡突然有種奇怪的感覺，但還是故作鎮定，「李治擎不是本來就有很多人在倒追嗎？這有什麼好稀奇的？」

「是沒什麼稀奇！」莉雅聳聳肩，「只是這個學妹來勢洶洶，一進球隊就擺明了要倒追李治擎的姿態，而且，她現在跟李治擎的感情確實也不錯。」

「感情？」

「當然是友情啦！李治擎早就拒絕過她了。」

「是喔。」

「但人家說得好，女追男，隔層紗嘛……」

我忽然想起雷又均的事，面色一沉。

「怎麼了？」

我把方才的經過，原原本本告訴了莉雅。

她很驚嘆，「天啊！劇情神轉彎。」

「在那個時候，我的心臟都快跳出來了。」

「換作是我，應該已經跳出來了。」莉雅將手放在胸前，「然後呢？舊情復燃了？」

我搖搖頭，「原以為他的告白會讓我很開心，但是最後我卻拒絕了他。」我舒服地靠著沙發椅背，微微仰著頭，不僅身體放鬆，就連內心也好像因為放下了一直在意的大石頭而覺得舒坦。

「天啊！韓梓青！妳拒絕了妳前男友？」

「對呀，連我都覺得驚訝。」

「所以，妳對他的感情……已經結束了嗎？」

「我發現自己對他，只不過是單純的懷念而已。」我苦笑，「妳知道的，有一種感覺是來自於遺憾而產生的……惋惜。尤其是面對無緣的初戀與分手的前男友，女孩子總會有特別的感覺。」

「所以，對他的感情，妳終於確定了？」

我點點頭，「是啊，終於確定了。我一直以為自己對他還有不捨、還喜歡，但最後才發現，原來說開了的我們之間，剩下的只有懷念而已。」

「說開就好了。」莉雅笑了，「但老實說，沒想到像他這樣的男孩，會一直惦記著與妳之間的情感，即使距離遠了、互動少了，卻也不曾改變，還執著的找回來，真的是個不錯的男孩。」

我笑了，「我眼光很棒吧！」

「是啊！不僅眼光不錯，而且桃花運也滿好的。」

「是這樣嗎？真正桃花運好的人應該是妳才對……」我話還沒說完，莉雅的手機響了起來，是李治擎的回電。

「李治擎跟阿鎧都在樓下了。」

我立刻按下樓下大門開鎖鍵，然後起身去玄關開門。

「正想跟妳談談治擎的，沒想到他就打電話來了。」

「李治擎？」我又走回來。

「妳遲遲沒答應李治擎的告白，不就是因為覺得自己還喜歡前男友的關係嗎？」

「有一點。」

「那現在，妳對他……」

我微微地笑了，然後點了點頭。

莉雅瞇起眼睛，「所以現在要換妳告白囉？」

我還沒來得及回答什麼，門外已經傳來阿鎧說話的聲音，「什麼告白不告白的？」

「你們到囉！」

「妳們到底剛剛在討論什麼？什麼告白不告白的？」阿鎧又問了一次。

「問這麼多幹嘛！」莉雅假裝兇阿鎧，嚇得他不敢吭聲，但她立刻又看向我，對我眨眨眼，露出神祕的笑容。

「猜拳猜輸，輸的買飲料……我們也太衰了吧，怎麼猜都輸！」我嘟著嘴，踢了一下路上的小石子。

「運氣問題而已。」李治擎笑了一下，「也許應該說是莉雅和阿鎧默契太好。」

「默契太好？我看應該說是狼狽為奸才對。」我也跟著笑了。其實下樓幫大家買飲料，還可以順便消化一下，也無傷大雅。

「還要買點什麼嗎？看妳剛剛好像沒吃什麼。」

「我？吃超多的啊！」

「是嗎？我看幾乎都沒什麼吃。」他停頓了幾秒，「還是說……因為消夜涼了，不好吃的緣故？」

「哈哈，不是啦！其實吃得滿飽的，」我笑了一下，被他這麼一打插，我突然想起方才和莉雅聊的事。「對了，剛才我還奇怪，怎麼會沒看到你在樓下等，原來是去英雄救美了。」

他哈哈大笑，「什麼英雄救美！球隊經理弄丟了車鑰匙，想說既然她需要幫忙，我就先去載她囉！」

「但我聽莉雅說，案情並不單純！」我故意刺激他。

「莉雅真是八卦。」

「是啊，但我也八卦極了。」

「說到這個，其實……剛剛妳回來的時候，我就在停車場那邊。」

「你有看到我？」我驚訝地看著他，「那怎麼不叫我先幫你開門？」

「因為正當我想叫住妳的時候，看見是妳前男友陪妳一起回來。」

「喔，對啊！今天開完會之後，我去他學校參觀，然後……」說到一半，我止住了話，想了想，又覺得沒有隱瞞他的必要，再次口，「然後啊，我們差一點舊情復燃……」

「你們把話說清楚了？」

我點點頭，「是的，所有一切正如你當初所猜想的那樣。他並沒有劈腿，也沒有新交的女朋友，更沒有故意不跟我聯絡。」

「所以是妳朋友說謊囉？」

「嗯，她一直喜歡著雷又均，從小就當他是青梅竹馬……兩個人在國外，她想要趁機離間我們，好乘虛而入。」

「原來如此。」

我苦笑了一下，「現在想想，如果當初我身邊有你這個朋友，如果當初我把一切弄清楚，我想我和雷又均也許會一直交往下去……」

「所以現在都弄明白了嗎？」

我停下腳步，「都弄明白了。而且我才發現，原來雷又均的心裡，竟然一直有韓梓青的存在……很離奇吧？」

「妳看，我男人的直覺是不是很準？他看起來，本來就不像是個會劈腿的人。」

「是，準爆了。」我哼了一聲。

「所以，他告白了？」

我抬頭看著李治擎，雖然在他面前說這些話有點令人害羞，但想想又沒有隱瞞他的必要，於是我點點頭，「對。」

「那妳決定……」李治擎的話說到一半，手機鈴聲熱鬧地響起，「我接個電話。」

我繼續往前走，步伐放慢，讓講電話的他能夠跟上。

他想問的應該是我回答雷又均的決定吧？

但是當我告訴他，我拒絕雷又均之後，是不是應該要把握機會，順便告訴他，我對他的感覺呢？

我是不是該趁機問他，他之前的告白還算不算數？還是要直截了當的告訴他，我喜歡他？

想著，我發現自己的心跳心跳好快。而當他結束了通話之後，我立刻喊出聲來。

「李治擎……」

「韓梓青……」

沒想到我們竟然有默契地叫了對方的名字，接著又異口同聲地說了「你先說」，然後兩個人相視而笑。

「妳先說吧，美女優先。」

「還是你先說吧，我想說的話被剛剛搞笑的氣氛給搞砸了。」我故作誇張地嘆了一口氣。事實上在這樣的氣氛下，我確實也很難再延續剛剛的話題。

「嗯，我想說，等等麻煩妳把這杯飲料拿上去，因為那個球隊經理，好像把她的隨身小背包忘在我機車的置物箱了。」

「你要拿去給她嗎？」

「是呀。」

「喔，好吧。」我苦笑了一下，心裡有點怪怪的，不太舒服的感覺。

「那飲料麻煩妳了。」

站在停車場前，我接過他手上的飲料，「你騎車小心安全。」

「會的。」他笑笑的，眼睛像往常一樣瞇瞇的，然後輕拍了一下我的額頭。

「……你還會再回來嗎？」

「韓梓青，看妳的眼神和表情，我想妳是很希望我立刻回來。」他笑嘻嘻的，或許因為有點累了的關係，沒有躲過我揮拳的攻擊。

「李治擎，我是哪種眼神、哪種表情，讓你覺得我很希望你立刻回來了？」看著他嘻皮笑臉的樣子，我不假思索地反駁，當然沒有把「我比較希望你不要去」的話說出口。

韓梓青，妳這個愛說反話的笨蛋。

「開玩笑的啦！」李治擎聳聳肩，「那我先把背包拿給她。」

「路上小心。」我揮揮手，看著他朝停車的位置走去的背影，正想打開大門的時候，卻看見他又走回來，「怎麼了？」

「等我把背包拿給她之後，馬上就回來。等我！」他給了我一個帥帥的笑容。

「嗯……」我呆呆地點了點頭，心裡好像有一種安心又溫暖的感覺。

我回到住處，後來瓊玉也回來了，我們三人和阿鎧邊吃邊聊，耗了兩個多小時，眼見已經晚上十一點多，阿鎧都要回去了，李治擎還沒有來。這之中我們曾打了兩通電話給他，但他都沒有接聽，最後轉進了語音信箱。

跟阿鎧說再見，我們三人收拾了一下客廳後，懶洋洋地坐在沙發上閒聊。

「奇怪，為什麼李治擎沒有接電話？該不會出什麼事情吧？」終於忍不住擔心，我問出心裡的疑惑。

「不然，再打打看手機？」瓊玉臉上好像也有點擔心。

聽從瓊玉的建議，莉雅又撥了一次手機，但這一次李治擎不是沒接電話，而是響了三聲之後，直接被按了拒絕接聽。

「怎麼了？」

「他按掉了。」莉雅無奈地聳聳肩。

「喔，那可能是在忙吧。」我雖然語氣裝得若無其事，但從原本的擔心，變成一種難以形容的情緒，五味雜陳。

「忙？」瓊玉皺皺眉，「都這麼晚了耶！」

「他剛剛不是說會回來嗎？」莉雅疑惑地問，又趁機撥了一下電話，但是看起得到一樣的結果。

「他說將背包交給對方之後就會回來了，還說要我等他。」

瓊玉和莉雅臉上都露出懷疑的神情。

我吸了一口氣，「好啦，也許他只是累了？或者忘了原本說會回到這裡的話，回去休息囉！」

瓊玉猜測。「莉雅，妳說有沒有可能他和那個球隊經理一時天雷勾動地火？」

「那也說不定。」莉雅聳聳肩，曖昧地看著我，「所以我說過，韓梓青同學，若是妳對人家有一點在意的話，記得手腳要快。」

「什麼跟什麼嘛……」我哼了一聲。

瓊玉也在一旁幫腔，「別說是讓夢幻天菜跑了很可惜，如果讓好不容易遇見、喜歡的男孩溜走的話，才是最令人難過的事情。」

「瓊玉……」我看著好友們，心裡被滿滿的猶豫所佔據。

我該問一下莉雅，李治擎的住處在哪裡，直接衝去找他嗎？還是應該繼續打電話給他，直到他接聽為止？但如果他其實根本沒事，只是因為和球隊經理獨處而不想接電話，那我不是很糗嗎？

「想去就去吧。」莉雅鼓勵我。

「我也覺得要把握機會。」瓊玉認真地說。

「可是如果……」我皺緊了眉，心中滿是猶豫。

「韓梓青，妳已經因為一個莫名其妙的謊言丟了一次愛情，現在還要因為什麼奇怪的理由或是矜持，丟掉另一份愛情嗎？」

我思考了一下，抓起放在一旁的背包，「莉雅，妳說他住的地方是十一巷最後一棟米黃色的建築吧？」

「嗯，我們陪妳去吧！」莉雅也起身拾起一旁的包包。

「是啊，時間有點晚了。」瓊玉也站了起來。

「不用了，妳們都累了。我自己去，放心，我會注意安全的。」

我下定決心，抓了鑰匙立刻往外衝，卻沒想到一路奔下樓，打開樓下大門的同時，一個熟悉的身影站在大門前。

「李治擎？」

「這麼晚還出去？妳不知道現在治安很差嗎？」他瞇起眼笑著，「還是說妳其實是想去找我？」

我抬起頭看著他，才發現他額頭上有個小小的大約三公分的傷口。我墊起腳尖看著他的傷，「你怎麼了？」

他擠出好像有點疲倦的笑容，先是靜靜地看了我幾秒，然後突然抱住我，將我緊緊地抱在懷裡。

「李治擎，你幹嘛？」摸不著頭緒的我，只能呆呆地靠在他的胸膛，直到他輕輕地放開了我。

「所以妳是擔心我，要出門去找我嗎？」

因為距離太近的關係，我發現自己有點兒緊張，於是我往後退了一小步，「是啊！但你為什麼會受傷？有點流血了！」我從背包取出面紙和ＯＫ蹦，墊起腳尖，輕輕幫他拭去微微冒出的鮮血後，在傷口上貼上ＯＫ蹦。

大概是因為疼痛的關係，他微皺眉，「聽我說！以後太晚的話，別隨便出門，知不知道？」

「你為什麼會受傷？你和人打架嗎？」沒理會他的問題，我突然發現他的手臂也有一道五公分大小的傷口。

「韓梓青，」他將雙手放在我的肩膀上，「妳還沒答應我。」

我瞪了他一眼，「知道了，但你的傷口到底怎麼回事？」

「剛剛把包包還給學妹，結果她喝醉了的前男友正好去找她，兩個人不知為什麼起了爭執，她前男友動手打她。」

我皺眉，沒想到這種電視上才會出現的劇情，竟然在現實生活中上演，「然後呢？那個學妹有沒有受傷？」

李治擎搖搖頭，「還好，只是被打了一個耳光，臉頰有點紅紅腫腫的。」

「她一定很難過……」我嘆了一口氣。

「當然，從沒看她這樣哭過。」

我點點頭，可以想像。「難怪你完全不接我們的電話，但你事後沒通知我們，害我以為你怎麼了，害得我……」

「所以妳擔心我？」

我又瞪了他一眼，不想回答。

「是不是擔心我？」

我想轉身，但卻被他拉了回來，看著他的眼神，本想什麼也不承認，但撐不了多久，我微微地吐了一口氣，「我怕你在路上遇到什麼事情。而且不只是我擔心啊，莉雅和瓊玉也……」

我的話沒有說完，他又突然輕輕地抱住我，「韓梓青，謝謝妳的擔心。」

靠在他的胸前，我想罵他是不是哪裡有問題，但不知道是不是因為他的胸膛太溫暖，還是我太貪心的關係，被他這樣抱著的我，連「假裝」罵他這種事也做不出來，唯一想做的……竟然只想像現在這樣靠在他厚實的懷裡。

他輕輕地撫著我的髮，用他溫柔的語氣又重複了一遍，「謝謝妳的擔心……」

「李治擎……」情不自禁，我伸出手抱住他，「你知道除了擔心之外，為什麼我這麼急著找你嗎？」

他放開了我，將手放在我的耳邊，「嗯？」

「因為我想告訴你，今天我和雷又均發生的事情，然後還想告訴你，我其實很……」

眼睛彎彎的，他溫柔地看著我，然後用食指抵住我的唇，「等等，我要先帶妳去看一樣東西。」

「先聽我說完！」我拉住他的手。

「聽話，」他伸手撥開我被風吹亂了的劉海，「走。」

「這是你住的地方？」他拉著我的手，站在房門外。

「嗯。」他從口袋拿出鑰匙，插進鑰匙孔內轉開。

「要給我看什麼東西？」

「閉上眼睛。」

「啊？」我看著他。

「閉上眼睛。」

我看著他，原本不想答應他的要求，但是當他帶著滿滿溫柔的表情面對我，然後溫柔地牽起我的手的時候，我竟然真的乖乖聽了他的話，將眼睛閉了起來。

閉上眼睛的我，讓他牽著，隱約聽見門被推開而發出的聲音，接著走進房間，又聽到他將門關上的聲響。他輕輕拉著我往前走了幾步，小心翼翼地將我帶到一個定點，「等我一下。」

「喔。」

「三、二、一，睜開眼睛吧！」

我睜開了眼睛，看見眼前有一棵比我還高的耶誕樹，黑暗的房間裡，因為耶誕樹上掛著的彩燈而閃爍著好漂亮、好漂亮的光芒，「好美喔……」

「妳喜歡嗎？」

我笑了笑，看了站在我身旁的李治擎一眼，然後往前走近了一步，伸手拿起掛在耶誕樹上的小卡片，「這些小卡片是……」

「從確定自己喜歡上妳的那天起，我每天都寫一張小卡片，希望有一天能有機會，親自給妳這個驚喜。」

我看著手上的小卡片，上面寫著「希望有一天，我可以親口告訴妳，我對妳的喜歡」，又隨手拿了另一張，上面則寫著「韓梓青，如果有一天，妳能夠忘了屬於妳的那份初戀，我會用我一百萬分、一千萬分的喜歡，建構另一個屬於妳我的甜蜜回憶」……

看著眼前這些小卡片的我，一來被這壯觀又華麗的耶誕樹所震驚，二來被卡片的溫柔內容所感動，鼻子酸酸地，熱熱的眼淚因為滿滿的感動，就像斷了線的珍珠一顆顆地往下落……

看著眼前的驚喜，我終於情不自禁地緊緊抱住身旁的他，「謝謝你……謝謝你從以前到現在，都這麼的喜歡我，真的，謝謝你……」

「傻瓜。」他捧著我的臉，用他修長的手指擦去我的眼淚，「怎麼哭成這樣？」

「李治擎，你知道剛剛在我住處門口，我想跟你說的是什麼話嗎……」我吸吸鼻子，想繼續往下說的時候，卻被他偷吻了一下。

然後他認真的看著我，「我知道妳想說什麼，但這種關於表白的話，在交往前，由李治擎來對韓梓青說就可以了。」

「這是大男人主義嗎？」我噗哧地笑了出來，然後突然覺得又哭又笑的自己很可笑。

「這不是大男人主義，這是因為我對妳的喜歡，永遠、永遠都會比妳對我的喜歡要來得多。」

「為什麼？」我嘟著嘴抗議，不太滿意地抬頭看著他。

他笑了笑，輕輕地親了我的額頭、我的鼻子，最後……當我以為他會親在我的唇上的時候，他停了下來，「因為……」

「因為什麼？」

「因為我對妳的喜歡，早就超越了任何人，到了無法形容的狀態。」他將他的唇放在我的耳邊，細細地說完了這段話。

「李治擎……」

他撥了我的劉海，溫柔地看著我，接著將他的唇柔軟地貼在我的唇上，溫柔而又甜膩地吻住了我。

心跳得好快，我抱著的李治擎是這麼的真實，所以這一定不是夢吧？但如果是夢，可不可以讓我永遠停在這麼美麗的一刻？可不可以讓我就這樣在這浪漫的耶誕樹前，貪心地沉浸在他的溫柔裡？

我緊緊抱住他，然後用自己最溫柔的方式，貪心地回應了他的吻，一直到他放輕了抱住我的力道，用額頭靠著我的額頭，混濁的鼻息呼在我的臉上，才用他那溫柔而又低沉的嗓音開口說話。

「韓梓青，我一直好喜歡妳，還好現在的妳願意停下來看我一眼……」

我將臉埋在他一起一伏的胸膛，感受著他和我一樣跳得好快的心跳，「我是何其的幸運，謝謝你喜歡我。」

「傻瓜。」他笑著，又溫柔地吻住了我。

在這棵好高的耶誕樹前，我輕輕地靠在李治擎的懷裡，突然覺得此刻的自己應該是天底下最幸福的女孩。

「好啊，你們狼狽為奸，原來大家早就知道有耶誕樹這件事了。」和李治擎一起坐在住處的沙發上，我嘟著嘴，看著眼前兩位的室友還有莉雅的男朋友阿鎧。

「不狼狽為奸，你們有機會好事成雙嗎？」莉雅哼了聲。

「對啊！」瓊玉聳聳肩，「況且，我們只是陪李治擎一起去賣場尋找適合的耶誕樹而已，告白的驚喜加強版以及卡片巧思，我們可完全沒有參與喔。」

我皺皺鼻子，「還告白的驚喜加強版咧……」

「梓青，總之能夠有情人終成眷屬，就是一件很棒的事情啊。」阿鎧拿起手中的手搖飲料，「大家乾杯。」

「乾杯！」

莉雅放下飲料之後，突然想起什麼，「對了！李治擎同學，那天說好，要是驚喜攻勢奏效，你們順利交往的話，就要請客……」

「放心，慶祝大餐就在這個星期六的晚上，我已經訂好位了。」

「你們幹嘛敲詐我男朋友啊？」我大叫。

「你們幹嘛敲詐我男朋友啊。」瓊玉很欠揍地學起了我說話的樣子，但隨即就挨了幾記我的抱枕攻擊。

「梓青，妳真是標準的見色忘友。」

「誰叫你們亂敲詐一通。」我哼了一聲，「所以耶誕樹……真的是大家一起去買的喔？」

「當然，為了把這棵超佔空間的耶誕樹載回來，我們還特地挑人少的時段去買。」李治擎笑著，「還好大家幫忙，不然一個人扛樹上公車，不但吃力，也太好笑了。」

「對啊！搞不好被記者拍到，還被封做什麼『樹哥』之類的。」莉雅搖搖頭，「梓青，治擎他為了給妳驚喜，什麼丟臉的事情都做得出來。」

聽了莉雅的話，我和李治擎相視一笑，然後握緊了原本就十指交握的手。

看著眼前熱鬧聊天的好朋友們，我突然發現自己好喜歡這樣的快樂氛圍，尤其當我低下頭看見李治擎握住我的手，我知道此刻自己是這個世界上最開心的女孩。

如果可以，我會緊緊地依偎在這群朋友身旁，也會緊緊地握住這個總是帶給我滿滿驚喜感動以及愛的男孩。

永遠在一起。

【全文完】

國家圖書館出版品預行編目資料

如果當時相信愛情／Micat 著. -- 初版. -- 臺北市：商周, 城邦文化出版：家庭傳媒城邦分公司發行, 民104. 12
面： 公分. --（網路小說；255）
ISBN 978-986-272-939-7（平裝）
857.7 104026018

如果當時相信愛情

作　　者／Micat
企畫選書人／陳思帆
責任編輯／陳名珉、陳思帆

版　　權／翁靜如
行銷業務／李衍逸、黃崇華
總 編 輯／楊如玉
總 經 理／彭之琬
發 行 人／何飛鵬
法律顧問／台英國際商務法律事務所　羅明通律師
出　　版／商周出版
臺北市中山區民生東路二段 141 號 9 樓
電話：(02) 25007008　傳真：(02) 25007759
E-mail：bwp.service@cite.com.tw
發　　行／英屬蓋曼群島商家庭傳媒股份有限公司城邦分公司
臺北市中山區民生東路二段 141 號 2 樓
書虫客服服務專線：(02) 25007718、(02) 25007719
24 小時傳真專線：(02) 25001990、(02) 25001991
服務時間：週一至週五上午09:30-12:00；下午13:30-17:00
劃撥帳號：19863813；戶名：書虫股份有限公司
E-mail：service@readingclub.com.tw
歡迎光臨城邦讀書花園：www.cite.com.tw
香港發行所／城邦（香港）出版集團有限公司
香港灣仔駱克道193號東超商業中心1樓
電話：(852)25086231　傳真：(852) 25789337
E-mail：hkcite@biznetvigator.com
馬新發行所／城邦（馬新）出版集團【Cité (M) Sdn. Bhd.】
41, Jalan Radin Anum, Bandar Baru Sri Petaling,
27000 Kuala Lumpur, Malaysia.
電話：(603) 90578822　傳真：(603) 90576622
E-mail：cite@cite.com.my

封面設計／黃聖文
版型設計／小題大作
排　　版／新鑫電腦排版工作室
印　　刷／高典印刷有限公司
經 銷 商／聯合發行股份有限公司
電話：(02) 2917-8022　傳真：(02) 2911-0053
地址：新北市231新店區寶橋路235巷6弄6號2樓

■ 2015年（民104）12月8日初版

定價200**元**

Printed in Taiwan

城邦讀書花園 www.cite.com.tw

 ISBN　978-986-272-939-7

廣　告　回
北區郵政管理登記
台北廣字第000791
郵資已付，免貼郵

104台北市民生東路二段141號2樓

英屬蓋曼群島商家庭傳媒股份有限公司　城邦分公司

請沿虛線對摺，謝謝！

書號：BX4255　**書名：**如果當時相信愛情　**編碼：**

請於此處用膠水黏貼

讀者回函卡

感謝您購買我們出版的書籍！請費心填寫此回函卡，我們將不定期寄上城邦集團最新的出版訊息。

不定期好禮相贈！
立即加入：商周出版
Facebook 粉絲團

姓名：＿＿＿＿＿＿＿＿＿＿ 性別：□男 □女

生日：西元＿＿＿＿年＿＿＿＿月＿＿＿＿日

地址：＿＿＿＿＿＿＿＿＿＿

聯絡電話：＿＿＿＿＿＿＿＿ 傳真：＿＿＿＿＿＿＿＿

E-mail：

學歷：□ 1. 小學 □ 2. 國中 □ 3. 高中 □ 4. 大學 □ 5. 研究所以上

職業：□ 1. 學生 □ 2. 軍公教 □ 3. 服務 □ 4. 金融 □ 5. 製造 □ 6. 資訊
□ 7. 傳播 □ 8. 自由業 □ 9. 農漁牧 □ 10. 家管 □ 11. 退休
□ 12. 其他＿＿＿＿＿＿＿＿

您從何種方式得知本書消息？
□ 1. 書店 □ 2. 網路 □ 3. 報紙 □ 4. 雜誌 □ 5. 廣播 □ 6. 電視
□ 7. 親友推薦 □ 8. 其他＿＿＿＿＿＿＿＿

您通常以何種方式購書？
□ 1. 書店 □ 2. 網路 □ 3. 傳真訂購 □ 4. 郵局劃撥 □ 5. 其他＿＿＿＿

您喜歡閱讀那些類別的書籍？
□ 1. 財經商業 □ 2. 自然科學 □ 3. 歷史 □ 4. 法律 □ 5. 文學
□ 6. 休閒旅遊 □ 7. 小說 □ 8. 人物傳記 □ 9. 生活、勵志 □ 10. 其他

對我們的建議：＿＿＿＿＿＿＿＿＿＿

請於此處用膠水黏貼